"十四五"国家重点出版物出版规划项目

三江源国家公园自然教育系列丛书

三江源国家公园

生态文化专辑

最美的遇见

印象三江源

本书编委会　编

中国地图出版社

·北京·

图书在版编目（CIP）数据

最美的遇见：印象三江源 / 本书编委会编．-- 北京：中国地图出版社，2023.12
ISBN 978-7-5204-2848-4

Ⅰ．①最… Ⅱ．①本… Ⅲ．①散文集－中国－当代
Ⅳ．①I267

中国版本图书馆 CIP 数据核字（2022）第 228942 号

ZUIMEI DE YUJIAN——YINXIANG SANJIANGYUAN
最美的遇见——印象三江源

出版发行	中国地图出版社	邮政编码	100054
社　　址	北京市西城区白纸坊西街 3 号	网　　址	www.sinomaps.com
电　　话	010-83490076　83495213	经　　销	新华书店
印　　刷	河北环京美印刷有限公司	印　　张	11
成品规格	185 mm × 260 mm		
版　　次	2023 年 12 月第 1 版	印　　次	2023 年 12 月河北第 1 次印刷
定　　价	45.80 元		
书　　号	ISBN 978-7-5204-2848-4		
审 图 号	青 S（2023）099 号		

本书中国国界线系按照中国地图出版社 1989 年出版的 1：400 万《中华人民共和国地形图》绘制。
如有印装质量问题，请与我社联系调换。

《三江源国家公园自然教育系列丛书》

科学顾问

周成虎　方小敏

编纂委员会

主　任：王湘国　陈　平

副主任：孙立军　李增刚　晁世海　李生平　连玉明
张学锋　徐根才　芦仲进

委　员：（按姓氏笔画排序）
王　丁　毛旭锋　邓　伟　田俊量　吕　植
刘庆霖　李小龙　李振基　李晓松　杨　锐
张玉钧　张劲硕　陈国栋　范诗银　周占林
赵敏燕　赵新全　段玉山　洛桑才让　曹　谁

编纂委员会办公室

主　任：杨业清

成　员：（按姓氏笔画排序）
卜庆华　朱　萌　孙　水　杨洪泉　张向阳
张　玥　陈　宇　郑　伟　贺宝元　郭玉婷
曹江雄　景淑媛

《三江源国家公园生态文化专辑》

本书编委会

本书编辑部

总序

盛世修书，述典启智。编撰出版《三江源国家公园自然教育系列丛书》，是一项重大的自然教育工程，亦是国家公园给予国民的重要公共生态产品。这套丛书的出版，对于我们践行习近平生态文明思想，凝聚社会各界共识，认真履行保护好“中华水塔”这一“国之大者”的特殊使命，厚植公众生态文明素养，筑牢中华民族永续发展根基，都具有十分重要的意义。

三江源国家公园地处青海省西南部，长江、黄河、澜沧江发源于此，总面积 19.07 万平方千米。每年向下游输送近 600 亿立方米的清洁水，是我国乃至东南亚淡水资源的重要补给地。同时，三江源也是高原生物多样性最富集的地区，是全球气候变化的敏感区和重要启动区，是国家生态安全的重要屏障，其生态系统服务功能、自然景观、生物多样性具有全国乃至全球意义的保护价值。党中央、国务院对三江源的生态保护工作高度重视，全国人民充分关注，各方有识之士寄予厚望。

建立国家公园体制是习近平总书记亲自谋划、亲自部署、亲自推动的重大制度创新。2016 年 3 月，中共中央办公厅、国务院办公厅印发《三江源国家公园体制试点方案》，拉开了中国建立国家公园体制实践探索的序幕。三江源国家公园成为中国国家公园发展的先行者和“试验田”以来，创新管理体制机制，不断探索人与自然和谐共生之路，坚定不移做“中华水塔”守护人，引领全国各地催生了生态环境保护领域一批系统性、突破性、标志性成果。

2021 年 10 月，国家主席习近平在《生物多样性公约》第十五次缔约方大会领导人峰会上宣布正式设立三江源国家公园。全面推动三江源国家公园建设高质量发展，把三江源国家公园建设成为青藏高原生态保护修复示范区，三江源共建共享、人与自然和谐共生的先行区，青藏高原大自然保护展示和生态文化传承区，离不开文化铸魂，要教育先行。编撰出版《三江源国家公园自然教育系列丛书》，就是向广大读者全面介绍三江源国家公园最重要的自然生态系统、最独特的自然景观、最精华的自然遗产、最富集的生物多样性，也是挖掘天人合一等中华优秀传统文化，倡导公众树立尊重自然、顺应自然、保护自然的理念，着力打造具有国家代表性和世界影响力世界自然保护地典范的有益尝试。

书以载道，文以养心。希望这套由中国地图出版社出版的大型丛书，能给读者提供一场对三江源无与伦比的认知盛宴，一起见证三江源国家公园的茁壮成长。

是为序。

三江源国家公园管理局

序

三江源，生命中最美的遇见

2010 年 4 月，我曾作为中国诗人抗震救灾志愿团的一员抵达玉树灾区，那也是我与三江源的第一次相遇。这一块神奇壮阔的土地、一方人间净土、一处人与自然和谐共生的乐园，让我在抗震救灾之余，更加体会到生命的珍贵与大自然的神奇。那流淌在祖国大地的三江血脉，与我的血脉有了共振，河水流淌的声音从此回响在我生命的每一刻。

这里有最原始的自然生态、珍稀的高寒物种、独特的人文环境。这里的一切，让“原生态”这个词愈加生动和神秘。三江源的原生态，注定了它“清水出芙蓉，天然去雕饰”的本真。就像翻开这本文集，从那一个个跳动的文字、一幅幅鲜活的画面中，我们可以遇见藏羚羊、点地梅、青稞酒、酥油花，还有草原的守护者、溯本寻源的探索者……

这里的一切，昭显着这方厚土的纯净。三江源的纯净，撼人心魄，显示了世上最本真的朴素。作者或工笔或写意，或白描或重彩，时刻让人感受到“一江清水向东流”，感受到这片生态处女地的清纯与洁雅。

这里会让我们在不经意间，有一场场最精彩的遇见。

高原的风，吹开了三江源的面纱。蓝，是天空、湖泊的颜色；白，是雪峰、哈达的颜色；绿，是草原、青山的颜色；五彩缤纷，是三江源生命的颜色。

跟随作者的脚步，去追溯长江之源，于石堆中寻找一缕清泉；去与鄂陵湖零距离接触，感受天光水汽，看“鹰击长空，鱼翔浅底，万类霜天竞自由”；去眺望澜沧江远去的身影；去“青色的山梁”上，赴一位“美丽的少女”的约会。

三江源的文化，是中华民族多元文化的重要组成部分，是多民族文化的有机融合，正如三江源纵横交错的水网，滋养了一脉相承的中华文明。

让我们从文集中触摸三江源的脉搏，感受三江源的心跳：去听一曲悠扬的“花儿”，让心跳随着音乐的节拍，与江源共同演绎高原生命的律动；去跳一支热情的锅庄舞，让心跳随着欢快的舞步，与当地幸福的人们共同踏出新时代的节奏；去登上高原奔驰的火车，让心跳随着车轮滚动的频率，与“神奇的天路”共同感受科技的魅力。

三江源，一片饱含深情的土地，在作者的笔下，人与自然和谐共生的中国故事正在精彩上演。三江源的生态守护者，以强烈的责任心诠释着对家乡的大爱，以辛勤的汗水滋润着高原净土，以无私的奉献保护着高原生灵。

每位作者亦是生态文明的宣传员。在作者笔下，绿绒蒿、雪灵芝等珍稀植物于风中摇曳；黑颈鹤、斑头雁于湿地间悠闲觅食；白唇鹿、藏野驴在草原上尽情奔跑。

几篇辞赋作品是本书另一道亮丽的风景线。辞赋语词凝练、韵味古雅、思想深邃，在中国文学史上独具魅力。几篇厚重大气的辞赋很好地呈现了恢宏博大的三江源。

高原赋笔，赋就三江源的厚重；高原放歌，唱出三江源的雄伟；高原挥毫，画出三江源的壮美。

以美文讲好三江源的故事，讲好生态文明建设的成果，谱写人与自然生命共同体的和谐篇章，是践行习近平生态文明思想的一次生动实践，在三江源国家公园自然教育及文学史上具有深远的意义。

是为序。

中国作家协会会员

现代诗歌研究院副院长 周占林

2022 年 10 月 1 日于京北听风阁

目　录

第一辑　雪域追风

第二辑　江源载梦

第三辑　青海抒怀

第四辑　高原赋笔

第一辑

雪域追风

扫一扫，听音频

叩见长江源

耿占坤

对于受江河养育的儿女来说，对源头的渴望始终是我们生命的一部分，这种渴望中既饱含着宗教性的神圣，又洋溢着人性化的温馨。因为那里藏着母亲诞生时的秘密。

真正前往长江源头的旅途，是从小镇雁石坪开始的。我们于早晨八点多钟出发进山，到下午四点，经过无数次的挖车、拖车，行进了48千米，到达了预定安扎大本营的河边，留下后勤人员，拍摄团队继续前行。这里完全没有路，沙质河床散得很宽，第一辆吉普车过河就用了40分钟。此后的三个多小时和二十几千米的路程令我不堪回首。汽车一辆接一辆地陷进泥潭，而我们没有多余的人力和时间去拯救它们，只能不断地将设备移到能向前行进的车辆中，以确保摄像师和机器继续前进。八点多钟，天空开始落雪，本应在九点半降临的夜幕也提前来临，我们在一座山坡下停车扎营。此时只剩下我、摄像师、技师、医生、动物学家、两名司机和两台车。我们冒雪支起的三顶小帐篷很快就被掩盖在茫茫白雪之中。

从沱沱河的气象站站长到雁石坪的牧民，都或明确或暗示地告诉我们：

你们的运气不好，今年江源的降雨格外多，而且雨季滞后，进入源头的希望极其渺茫。这些忠告虽然让我们有了充分的心理准备，但情况的严峻性仍然远远超出我们的精神准备。我们确实已经付出了很多：张师傅突发急性高原肺水肿，老谈的脸肿得像面包，小戴心脏虚弱且严重高原反应，他们不得不返回格尔木。没完没了的陷车、修车耗尽了大家的体力和心力。我虽然为自己的心脏病做了充分的预防，但还是两次晕倒，持续心绞痛、窒息、恶心、眩晕。真不知道还有什么在等待着我们。

夜里 12 点多，我听到对讲机里有声音！我赶忙从车里出来，看见一束光从大雪中透射过来，仿佛天使降临！是老金、小曹等人。天知道他们是如何把这辆车弄出黑泥潭的。

刚刚重新燃起希望，不幸又发生了。司机老林在服药后出现青霉素过敏的症状。医生救其脱险，可惜不会开车。勇敢的林师傅就在医生的陪护下，一边吸氧一边开车把自己送回大本营去。然而祸不单行，黎明前老金被过度的忧虑和疲劳击垮，小曹只得用唯一能开动的越野车送他返回大本营。

从凌晨到下午 3 点，我在焦虑不安中度过。我们处在一个山间洼地，除了白茫茫的山坡四面一无所见。最让我担心的是，在没有医生的情况下，在这海拔 5000 多米的长江源头，两位来自北京的摄像师和我还会面对什么。如果发生变故，我们能做的大概只有祈祷。

我仿佛总能感觉到远处有一种呼唤，驱使我向前。虽然这里看不到雪山和长江源头，但我知道它们应该就在前方不远的地方。我让司机把仅剩下的一台吉普车设法发动起来，不管医生在不在，我一定要去找它。然而，吉普车打不着火。

我彻底陷入绝望。

不久，一身污泥的医生和小李开着越野车回来了：大家的身体都没有多大问题；仍然有四辆车陷在沿途的淤泥里；昨天夜里从大本营送林师傅去雁石坪医院的车，出发不久就冲进了一个水塘，好在林师傅已经无恙；领队决定全体撤回大本营再商议进退，以确保人员安全。

我不甘心就此离去。我对已经心灰意冷的摄像师说，我们再往前面去看看吧，翻过那个山坡应该就能看到源头了，我们哪怕远远地望它一眼也好啊！我固执地坚持着。因为我一直深信并且强烈地感觉到，我与源头之间有一种神秘的缘分。一种古老的默契联结着我们，它将在那里等待我，以某种方式迎接我，我能真切地听到它的呼唤。

可是，车子只往前走了两三千米，又被山脚下一大片沼泽挡住去路。我的脑袋一阵涌血，心脏隐隐作痛。我跳下车，不知哪来的力气，头也不回地大步朝山上走去。王医生只好紧紧伴在我身边，他没有劝阻我。

我一口气冲上山顶，似有神助。

我被眼前的景象惊呆了！一片辽阔平坦的山间沼泽铺展在前方，无数细小的溪流纵横交织，水波点点，到处闪耀着动人的银光，透出创世之初的秘密。没有人迹，没有天籁，只有一只孤独的苍鹰在高空无声地盘旋，只有远古的洪水退却后留下的记忆涓涓流淌。而这些流水来自一群横空耸立的雪峰！

一座座云遮雾罩的雪峰仿佛众神的伟岸身躯。在雪峰之间，我看到了那些从山间逶迤而下的大冰川，犹如天神之剑插向大地，放射出逼人的冷峻且孤傲的寒光。

我失声喊道：你就是各拉丹冬！你就是长江源头！就是你，就是你！你这伟大的神啊……

我的双腿突然失去支撑，不由自主地双膝跪地，深深地伏下身体，像个受了天大委屈回到母亲身边的孩子，我再也无法控制自己，放声大哭起来。王医生也和我一起跪在地上，很久很久……

▲ 航拍长江源园区一角

各拉丹冬、长江源头，我来到你的身边，不是为了猎奇，不是为了显耀，更不是为了挑战。如果我打扰了你的宁静，那是因为我的灵魂需要一个归宿；如果我冒犯了你的威严，那是因为我的生存需要一个理由；如果我窥视了你的秘密，那是因为我有权知道我的血液源自何处。我知道在我出生之前你已经在这里等待我了，可是你为什么要这样对我、这样考验我呢？我把生命作为礼物奉献给你，难道还不够换取你回眸一笑？

我颂祷着，诉说着。终于，各拉丹冬撩开头顶的云雾，现出它超越一切言词的高贵和美丽！蓝天、白云、雪峰、冰川、沼泽、流水——一个博大能容纳一切寄托和归宿的胸怀，一个深邃能孕育一切生命和思想的摇篮！它接纳了我，它拥抱了我——一个获得灵魂的孩子！

最终我们没有越过那不足 10 千米的沼泽。对于拍摄来说，这是一个遗憾。然而今天，这个遗憾渐渐成了我的安慰，我甚至庆幸我没有践踏那片圣洁的冰川，我的凡俗之躯没有玷污它神圣的尊严。

最后，我们全体人员都平安地回来了。我愿我的同伴们在江河之神的护佑下，一生平安！

澜沧寻源：那是一方魔幻世界

税晓洁

大约十年前，我们去漂流长江南源当曲。离开玉树藏族自治州杂多县，一路向西，山道顺着澜沧江的水流盘旋而上。记忆里，走着走着，山体越来越舒缓，馒头状的山体渐渐呈现褐红色，有些地段被雨水冲刷后的形态，让我想起云南著名的土林。

海拔早已超过4000米，越野车喘着粗气哼哧哼哧，不时有花牦牛和黑牦牛伴随奔跑。正值盛夏，天气忽风忽雨转瞬又是冰雹。我裹紧羽绒服，看着一边清澈一边红色的两股水，心想：这里的“泾渭分明”，不就是一边日出一边雨的直观版嘛……几乎没什么感觉，忽然GPS显示我们已经过了长江与澜沧江的分水岭。

与想象中的一山分两水完全不同，这一地带根本看不出什么像样的山岭。只见一块几乎没有什么起伏的绿色地毯般的大草原上，星星点点交织混杂的水流勉勉强强可以看出左右。似乎就那么不经意间，它们的命运进入了不同的轨道，一边是伟大长江的南源当曲，先西后东，将横穿中华大地；另一边将进入澜沧江，出境后称湄公河，一路流经缅甸、老挝、泰国、柬埔寨、越南，最后注入南海，成为亚洲唯一的一江连六国的国际河流。

时近黄昏，远近皆金光闪闪。视线尽头，南边的唐古拉山脉呈一个个尖尖的小三角，看起来并不高大，当曲的源头是一汪泉水，深藏其中。高到极致，无须刻意耸立。这里的海拔已经 4700 多米。北边也是无尽的高山，澜沧江源头据说也是泉水汇集之所，那里又是什么样子的呢？

▲ 澜沧江第一湾

这是“最内层的心脏地带”

机缘巧合，第二年，我随中国科学院空天信息创新研究院研究员刘少创老师考察怒江、雅鲁藏布江、印度河和恒河等江河源头。在我看来，刘少创真是一位奇人，他不仅曾徒步北极，而且在他前些年完成的重测全球江河庞大的研究项目中，世界排名前十的大河数据曾发生惊人的改变，根据他的研究：尼罗河全长 7088 千米，为世界第一长河；亚马孙河全长 6575 千米，名列第二。

刘少创量测世界大河正是从澜沧江开始的。以往，人们对澜沧江—湄公河的源头，可谓语焉不详，只知道在中国青海三江源地区，对其正源的具体位置，各种说法不下十种。

自大探险时代至今，许多国家的人来此考察过，都未给出令人信服的结果，只留下一些诸如此类的语句：“是最内层的心脏地带”“亚细亚高原上地势最高和人烟足迹最难到达的地区”“此区也是地球上最险恶的地区之一”。特殊的地貌和气候导致真正能够到达澜沧江源区实地考察的人非常少，各种对正源的说法和认识大多出自地形图研判或沿袭当地群众的习惯说法。

民国初年，甘肃天水人周希武深入考察玉树地区的山川地貌、风俗习惯、宗教信仰，并参考旧时档案，写出了一本《玉树调查记》。该书较为详细地记载了澜沧江的源头及周围水流情况：“澜沧江上流有二源：北曰杂曲河，南曰邪穆曲河。”这为后人留下了宝贵的资料。

如前人所述，杂多县的名称源自澜沧江。“杂多”藏语意为“扎曲源头”。澜沧江源头地区的支流众多，有几百条大小支流。要对这些夹在冰山之间的每一条支流进行详细的考察，采用传统的技术手段是非常困难的，不少专家认为这是野外科学考察的难点，也正是澜沧江源头难以确定的原因。

1999 年 6 月，刘少创通过计算机程序对卫星遥感图像进行河段长度量测和计算，对筛选出的澜沧江上游两大水系扎那曲和扎阿曲的众多支流对应的源头做了比较。最后，刘少创认为应该对扎阿曲和扎那曲的几个主要源头进行考察。6 月 21 日，刘少创和尕盖、多贡两名藏族向导带着 5 匹马从青海省杂多县莫云乡出发，前往澜沧江源头。历经雨雪风霜，6 月 25 日，三人抵达吉富山源头与拉赛贡玛源头交汇地野永松多后扎营。6 月 26 日，他们沿吉富山山麓的水流北上，下午 3 点，走到河谷的尽头，山坡有几小股季节性雪融水汇入河谷的水流中。

为了验证枯水期吉富山源头是否仍有水流，2002 年 9 月，刘少创再次进入澜沧江源区，并最终确认：澜沧江—湄公河发源于中国青海省玉树藏族自治州杂多县扎青乡的吉富山，源头定位在一处水流较大的山谷岩屑出水口，为扎阿曲上源谷涌曲。

为什么要寻找江源?

关于河流的源头，说起来简单，深究起来却是一件极其复杂的事情。一条河流的起点究竟在哪里？到底哪一条才是正源？全世界至今并无统一的、严格的标准，相互争执不下的局面常常出现。

在刘少创确认澜沧江源头为吉富山上的谷涌曲的同时，中国科学院地理科学与资源研究所的考察队认为果宗木查山的拉赛贡玛曲应为澜沧江正源。其实，谷涌曲与拉赛贡玛曲的水都汇入扎阿曲上源郭涌曲，两源头相距约 6 千米，仅一山之隔。那么，哪里才是源头？据笔者不完全统计，确定江河源头有多种依据：河流长度、河流流量、河流长度和流量、河流流量和面积、河流干支流排列、河流流向方位、河谷的地质构造和河谷形态、河流发育期河谷形态等。

刘少创认为，关于江河正源，学术界、河流主管部门、不同国家的政府部门，基于不同立场，往往都有各自的理由和观点，这是客观存在的，也能让人理解。他说：“不管如何争论，不管大河的源头在不同的时期、按照不同的标准定在何处，但就河流的长度量测而言，我是从最长的支流量起，也就是在河流的整个流域中选定最长且一年四季都有水的支流作为正源量测的。而河流终点的入海口，则定义为河口两岸外侧切线与河流的中心线的交点。”

按照科学方法得出的河流源头，可以称作“地理源头”或者“科学源头”。按照历史传统确定的源头称为“文化源头”，比如当地人认为扎那曲上游的扎那日根山或扎西气娃湖是澜沧江源头。对此，刘少创自重测大河之始，就明白江源问题的复杂。他要求自己不尚争论，只求事实。作为自然科学工作者，查清大河源头区的数据是最重要的，他只管找出河长数据，找出当下哪个河流长度最长。

特别值得注意的是，万物恒变，大河其实和地球一样都是生生不息的。因此江河源头是一个变量，也是有生命的。那么，费尽心机寻找江河源头有何意义？诚然，江源问题复杂且自然本身在不断变化，但搞清楚我们所生活的这个时间段的江源的具体地标，当后人面对同样的地理问题时，不再如我辈一样迷茫，就已然功莫大焉。

山，就在那里，山不骗人。

树，就在那里，沐日月星辰，节节向上。

水，就在那里，任风吹雨打，静静流淌。

源头，不管你发不发现，它，就在那里。

众水汇聚长江源

谈雅丽

一

中秋夜，月光如水。

我梦见了通天河，梦见了“万里长江第一湾”。圆盘似的月亮照耀着墨黑色的江水，照映出大江环抱的隐隐青山。江面碎银点点，波光粼粼，山川剪影勾勒出一幅浓墨重彩的画卷，使宏阔之美汇聚眼前，一切都是那么如梦似幻。

在明亮的月光下，平缓的江水绕着青山，在天地之间画出了一个巨大而漂亮的弧形，自北而来，又向南流去。高原山巅，空寂无人，寒月静照，江流婉转，在此铺开了无与伦比的壮美景象。

这时，我清晰地听到从远处山顶上传来的诵经声，那是一位高僧在修行。

从此以后，通天河会时时萦绕在我的心头—— 100 多度的大拐弯，娴静与狂野、浊黄与青翠相互映照。大自然的鬼斧神工成就了一条大江的宏伟与秀丽，自然画笔创造了一幅远远溢出人们想象之外的杰作，这是我梦境中关于河流的奇异幻象。

人们都说这里是离苍穹最近的人间天堂，传说格萨尔王曾在此建立岭国。三江源也是荒凉的世界尽头，野生动物在此自由地奔跑嬉戏，河流像掌纹一样铺开在高原上。2021 年 10 月，三江源成为我国第一批国家公园之一。当我克服严重的高原反应登上客玉日赞神山，面朝滔滔江水，一切变得如此不真实，江流之美被我尽收眼底。我目不暇接、心潮澎湃，面对宽阔的河山，我尽情舒展双臂，想象自己如一只金雕，在连绵的青山之间展开双翅，面对江水俯冲过去，在触及江面的刹那，又陡然向上，向更远处的蓝空长啸飞起，或许脚下流淌的是“大鹏一日同风起，扶摇直上九万里”的沧溟之水。

有人说长江第一湾在云南或别的地方，但离长江源头太远了，我没有去过。我认定海拔 4200 米高的玉树藏族自治州治多县立新乡叶青村，才是长江开始拐弯之地。藏族同胞都叫它通天河，一条河流与天地相接，发源大地，流入云端。大河源头都藏在杳无人迹的地区，沼泽密布或者冰封雪冻，普通人永远无法到达。多少年来，人们为寻找它，曾历经千险。

史料中记载，清康熙年间，为了使国家舆图更精确，康熙曾多次派人深入青藏地区探测长江源头。1720 年，探测人员沿着金沙江一直上溯到青海

▲ 流经叶青村的“万里长江第一湾”

玉树地区，面对密集如织的大小河流，探测人员不知所措，只好在奏章里写道：“江源如帚，分散甚阔。”高原上水网密布，这些如帚的江源最终大多流向了通天河，使这条河水流丰沛，汹涌澎湃，不同凡响。

万里长江第一湾是长江流经此处的驿站。长江一泻千里，在此稍作停留，让秀美的叶青村拥有了一个天然的“奇迹”。叶青村是一个纯牧业村，这个美丽的大拐弯老早就被牧民发现了，但牧民并没有意识到这个普普通通的河流大拐弯却有着超乎寻常的价值。2020 年，叶青村被列入青海省第一批乡村旅游重点村名录。自此，蚌壳中的明珠展现在了众人眼前。

我们从治多县赶往杂多县，一条清澈的小河叫登额曲，流经叶青村。这是我见过的最美的河流，它在山谷奔走，与两岸青山、道路并驾齐驱。两岸是起伏的高山草甸，有牦牛在吃草。

蔚蓝的天空、洁白的云朵、碧青的河水、黄绿的草甸、各色的牦牛，好一幅天然的画卷。过了一座石桥，草坡上写着“万里长江第一湾叶青村”十个大字，蓝色指示牌上显示离万里长江第一湾还有 32 千米。翻过万里长江第一湾垭口，忽然看到一青一红两条龙汇聚在一起，青龙是登额曲，红龙就是通天河。通天河的河水呈红棕色，迥异于汇入它的任何一条清澈支流。两条江水，两种色泽，一条分界线，它们在长达几百米的汇聚中，色泽不改，相伴随行。或许，登额曲远道而来，就是为了要给通天河镶嵌一条碧绿的边界线。

叶青村的党支部书记叫多玛多杰才仁，一个高原汉子。他戴着毡帽，穿一件黑色藏袍，脸晒得黑黝黝的。他原本在新修好的村委会大楼前等州上派来的乡村振兴点干部，却先等到了来高原采风的我们。叶青村要搞发展致富，生态畜牧业是第一产业，旅游业是第二产业。脱贫工作队独具慧眼，他们和牧民们一起，首先修好了通向山顶的公路，有了盘山公路、千级台阶、开阔的观景台，才使万里长江第一湾恰到好处地出现在我们的眼前。

山腰观景点立着的木牌子上写着“网红打卡点”，栅栏外就是万里长江第一湾。面对大美之地，我们震惊不已，不知道用什么言语来形容，继续往上走至山顶。海拔越高，呼吸越困难，我们走走停停，下定决心无论如何都要一览通天河的美景，还要细细数数远处层峦叠嶂的山峰，看看它们历经了多少时光变迁。通天河环绕山体，形成一道完美的弧线，像一把蓄满力的弯弓，承载着永恒的力量。长江从青藏高原奔腾而下，在高山深谷中穿行，又被山崖阻挡，形成一个大大的急转弯，一条红棕色的丝带环绕着这座翠绿的大山。四周群山耸立，峰峦竞秀，莽莽苍苍，与红棕色的江流相互辉映，充满雄伟的阳刚之气。两只金雕忽上忽下，盘旋江面，在无尽险峻之中增添了灵动和野性。

山风劲吹，携带着雪山刺骨的寒意。我们俯瞰这河湾，它与山体构成了一顶粗犷的草帽，戴在高原头顶，在此隐藏千年万年。山崖的另一面，是无尽的高山草甸。牧场、雪山、牛羊、帐篷，以及三三两两的民居，呈现出如诗如画的美丽风光。在此，我聆听到了流水的低语、青山的吟唱，这优美的弧线，将我带进高原深处，感受它的心跳和呼吸。一条河流的成长和壮大，让我体会到了河流生命逐渐丰盈的过程。我想从这里出发，去寻找长江源头。

二

我要去探访长江南源——当曲，它在玉树藏族自治州杂多县的西部。在藏语中，“多”是源头的意思，而杂多的意思是“扎曲源头”。杂多这个小县城，同时也是澜沧江的源头所在。

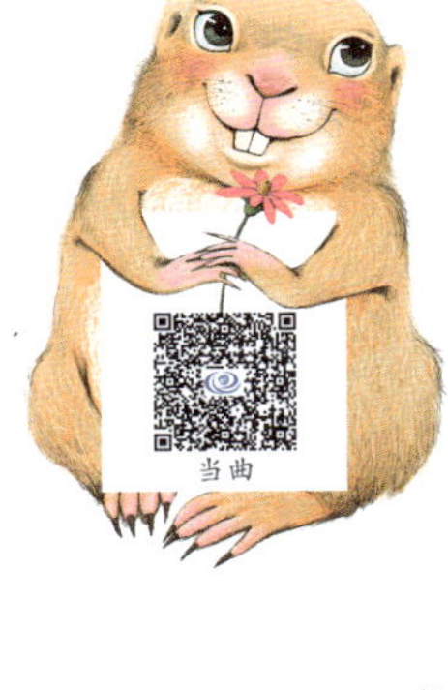

▲ 喜马拉雅旱獭

我们在这片荒野中行进，一路都是连绵的青峰、碧色的草甸、潺潺的溪流。沿途还有野花野草和自由自在奔跑的藏原羚、藏野驴，无尽的荒野在我们眼前铺开了一个天堂般的美丽世界。往荒野高处行驶，野生动物越来越多。小鼠兔伶俐机智，跑来跑去；喜马拉雅旱獭露出可爱的大门牙，排成一排，好奇地张望着；数只藏野驴背部呈棕色，腹部及四肢为白色，在河谷竖着两只灵敏的耳朵；结队的藏原羚翘着尾巴在草原上奔跑嬉戏，当地的牧民管它们叫黄羊。达阿村到了，一个不大的村子，有几栋低低矮矮、石头垒成的房子，聚集着几户人家，路旁有五彩经幡。在村口，一个三十多岁的藏族汉子在围栏边修理拖车。我们停车问路，他回答说，一直往右手方向，过一个寺庙就是长江南源。

越野车往山上行驶，海拔越来越高，大风飒飒而响，气温在零摄氏度以下，时而有雪粒子飘下来，我们果真到了离天最近的地方，白云几乎擦着山顶飘过。路边立着一块巨大的蓝色牌子和一座白色花岗岩石碑。石碑上刻着藏语，蓝色牌子上用汉字写着："父辈血汗洒落的故土，高原故里三江之源，祖祖辈辈守护的故乡，保护故乡是子孙的责任。"落款是结多乡达阿村生态保护协会。下面还有一段说明文字，大意是这里是三江源地区，是雪豹之乡，结多乡达阿村极力保护这片净土上的雪豹、盘羊、岩羊等野生动物及雪莲花等名贵药材。

我们往牧场方向行驶，向牧民详细询问了南源水口的具体位置。通往源头的路况很差，好几处都被流水冲毁了，越野车需要涉水而过。历经千辛万苦，我们终于驶到一处相对平坦的山谷，溪流边竖着一块蓝色嘛呢石，不远处有一顶白色帐篷。山脚海拔 4850 米，我气喘得厉害，东周队长先去山上探路，寻找源头石碑，一会儿就看不见人影了。山脚有一条潺潺小溪，是从山腰流过来的，我想溯溪而上寻找它的源头。这真是我一生中最艰难的一次高原行走，海拔越来越高，越往上走越气喘不已，每走一步都十分艰难。我慢腾腾地走着，一个人面对茫茫高原第一次感到无能为力，越往上走，那种无助感越强。每隔十几步我就停下来休息几分钟，因为过快的心跳和隐约的心疼，我的意识有些模糊。山风很大，我往上走着，这是一次耐力的考验。在背风处，我仰面躺下来，静静地看着蓝得清透的天空，大朵白云低低飞过，四周呼啸着风声。我想我可能会葬身于这海拔五千米的江源，但我却意外发现两只赤狐在不远处向我张望，它们那么美丽自在，唤醒了我对生的渴望。它们远远地看到了我，拖着蓬松的尾巴，好奇地打量我，一会儿它们又迅速往山的另一边跑去了。远处还有一群黑牦牛，它们安静地在草甸上吃草，安闲的姿态证明它们才是这块土地真正的主人。

到处都是水洼，一个又一个水洼紧挨密布，周围长满水草。远处泊着一个蓝色小湖，反射着宝石般的夺目光辉。红的、黄的、蓝的野花盛开在洼地周围，一股股清澈的水流，往山下流淌。

我信心倍增，继续往上走。远远地看见儿子向我招手，他先于我到达山顶。我还看到东周在挥舞绿色的野牦牛旗帜，他已经成功地找到了长江南源的源头。

三

沼泽密布，草坡连绵，近处是猎猎作响的五彩经幡，远处是两块标记源头的石碑。牧民常会在河源处垒建嘛呢堆，搭建五彩的经幡林。他们认为江源有神灵把守，这是他们神圣而执着的信仰。

这里的世界太辽阔了，孤独、自由、宽广，远离城市的喧嚣，这是伟大河流的开始之地。天地之间隐藏着无限的生机，魅力无穷。我在这里看到儿子的笑脸，恍若高原忽然出现了某种神迹，我为此刻神圣的、一去不返的时光而流泪了。这片伟大的区域蕴含着巨大的能量，从此它将融入我的生命。

不顾高原反应引起的急骤气喘，我鼓足勇气向着长江源头走去。我放慢步子，慢慢地走向它，只想用最温柔的态度去亲近这片纯洁的水域。

山顶海拔5050米，平坦开阔。大块湿润的沼泽铺开在山巅，大大小小的水洼为源头提供了丰富的水源，明镜似的到处泛着水光，蓝天白云全都倒映在这些水洼里。经幡旁边有一个蓝莹莹的大湖，湖面波光粼粼，不时有白色水鸟落在湖边，见我们到来，又扑棱棱地往蓝天上飞去。我们在湖边静坐，听着细碎的鸟鸣和水声，以及混有经幡响动的风声。大朵大朵白云落在湖里，堆在天边，它们与自己的倒影相连成一体，让人分不清哪里是天和水的边界，哪里是天堂和人间。

经幡林正中竖有一根木柱，柱子周围堆满嘛呢石。我气喘得厉害，但虔诚地把从玉树带来的红色嘛呢石放在正中央，它因为颜色非常鲜艳，显得十分突出。嘛呢石上刻着六字真言，我虔诚地祈祷：愿源头水永远清澈地流淌在祖国大地上。

儿子一直在湖边静坐，他筋疲力尽，不愿离开这蓝汪汪的湖水。我缓缓起身，往石碑处走去。面前立有两块石碑，高处一块长方形石碑写着“长江源”三个红字，上面标示着当曲流域图。

我挥动旗帜，在源头石碑前留影。往下百米，见到一块写有“长江源”

的不规则大麻石，该石碑是三江源头科学考察队 2008 年 9 月所立。我蹲下身子，跪下来细细察看。石堆丛中渗流出一缕汩汩的清水，正是这股清流汇聚成一条清澈的小溪，小溪再汇聚成小河，向山下流淌而去。这里不仅是江源所在，也是我的孩子、母亲、父亲、祖母、祖父和我的生命开始之地，是我们的母亲河长江的源头之一。

我从出水口接了一瓶清澈的水，它清凉甘甜，先前因登山导致的高原反应一下就被治愈了。我在此处坐了很久，喟叹人世间的白云苍狗。山风劲吹，狂野凛冽，我决定提前下山。我裹紧身上的防风服慢慢往山下走。山坡被弧形的蓝天笼罩，四周都是轻缓的水流声，蓝天白云降落到山坡，又或者是蓝天将这青山环抱在怀中。我脚下清亮的溪水，就是且曲，它会和我在结多乡达阿村再度相遇。国家开始实行河长负责制以来，河流的每个河段都明确了具体的负责人。每过一段时间，达阿村的河长就会到此巡河，保证这里的水质不被污染，周围环境干净卫生。这对于江源来说，是有福的。

傍晚来临，晚霞照耀着这片狭长的河谷。河谷阴阳转换，明亮处，山的明黄和水的青绿相接；阴暗处，黑暗正悄悄吞没大地。2020 年，青海省规范当曲河源头（长江南源）自然地理实体名称为“杂日天水滩”。我们到达的这片高原沼泽就是杂日天水滩。

当曲的藏语意思为“沼泽河”，它的三大支流为尕尔曲、布曲和冬曲。我想起读过的一段文字，当河流流经高原冲积区和丘陵谷地区时，河道肆意流淌，水流裹挟着沙石侵蚀、冲刷着河床和大地，因青藏高原不断抬升，曲流不断下切，进而形成了“刻蚀曲流”，无数条水道迂回蜿蜒，如同交错相织的发辫。长江的辫状水系因此而得名。我面前铺展开的，正是因辫状水系而形成的河谷。且曲、布曲、查旦河……这些河流编织了我的河流梦境。

▲ 长江流域图

夜漆黑不见五指，周围萦绕的水声让我们确定是在当曲岸边行走。我把越野车的天窗打开，抬头一看，满天都是繁星。我认出了北斗七星，它们熠熠闪光，如一把晶亮的银勺，驱散了越来越浓的黑暗。

我想起一首诗这样开头：“我们死里逃生，当曲一直潺潺相伴，大河在高原，满天星光照耀我们的漫漫征途。”

梦中的鄂陵湖

金雅茹

玛多的早晨，还是有些寒意，太阳刚从东方露出一缕青光，我们便出发了。早上的空气透着一种清新，经过昨晚的休息，高原反应也能耐受，想到再过几个小时就要见到魂牵梦绕的鄂陵湖了，心情还是很舒爽的。

车子驶出县城，一路向西进发了。车子在搓板路上颠簸，但我仍然抑制不住兴奋，不停地望着窗外。现在已经是六月末，北国的夏日绿树成荫、花团锦簇，但这里尚有早春的气息，路边似有小片残雪的痕迹，大地似睡欲醒，裸露着地皮，望不见绿色；远山被雾气笼罩着，有一种朦胧和神秘感。土路蜿蜒寂静，我们的车子缓缓前行，仿佛驶向原始的洪荒。过了一会儿，山顶的雾气渐渐消散，阳光普照，天空、大地也变得明亮起来。虽然隔着车窗，但我们的面颊也有了丝丝的暖意，顿觉心情更加舒畅，仿佛天堂就在前面。

听来过的朋友说，沿途有草甸，有很好看的野花。他们还看见过藏羚羊、白唇鹿等。大约我们来的有点儿早，这些都没有！突然，远处枯黄的草从中出现一群藏野驴，十几头的样子，或许是因为离得远吧，我们的车子驶过，并没有惊扰到它们。

记不清车子转了多少个弯，大约三个小时过去了，前面远远地望见了一片浅蓝。这片浅蓝似乎跟天空连在一起，那就是鄂陵湖了！

我微微欠起身子向外望，恐怕遗漏了这美景！车子终于停了下来。打开车门，微风拂面，阳光就在头顶，天空是湛蓝的，云朵是莹白的，一望无际的湖则如镜面一般倒映着蓝天和白云，而绵延的远山，似一幅水墨画，挥洒在天与水的中间，空气中有一种淡淡的清寒，干净到纤尘不染。忽然间，觉得这仿佛就是天堂的大门口，只要翻过那边的山，就一定是天堂！此情此景，让我想起冰心的《往事》里面的一句话，叫作“只容意念回旋，不容人

▲ 平静的鄂陵湖

物点缀”。若是真的有人间仙境，大抵如此——正在遐思，忽然天上一只大雕在头顶盘旋了一圈，又远远地飞去了，像一只神鸟！我漫步湖边，感受着天光水汽！不知名的鱼儿，在清澈见底的湖水里，或向着我游来，或漂浮不动，那种美又让人想起陶渊明的诗：“此中有真意，欲辨已忘言。”此刻，时空仿佛凝固了！

不知道过了多久，司机开始催促前行。就在前方不远处，我们来到了标志黄河源头的牛头碑前。白玉栏杆里耸立着一座厚重的牛头碑。牛头碑由5.1吨纯铜铸造，两支牛角坚韧挺拔，上面有分别用藏文和汉字题写的“黄河源头”的字样。牛是原始的图腾，象征着中华民族顽强不屈的奋斗精神和

▲ 黄河源头牛头碑

凝聚力！牛头碑附近还有一个插满箭镞的祭坛，传说此祭坛是格萨尔王所建。一个个大小不等的嘛呢堆，代表着人们心中美好的祈愿。据说，这里曾是松赞干布迎娶文成公主入藏的地方，至今民间还流传着许多松赞干布派使臣禄东赞去大唐求婚的故事。文成公主入藏，带来了谷物、蔬菜的种子、药材、工艺品和茶叶，对吐蕃经济的发展有着巨大的贡献；还带来了历法、生产技术和各种书籍，大大促进了吐蕃文化的发展，也加强了汉藏的民族关系。文成公主至今受到藏族人民的尊重和爱戴。

时间已经过了中午，不容久留，我们继续驱车前行，去看黄河源头的另一个高原湖泊——与鄂陵湖共称姊妹湖的扎陵湖。风渐渐大了，回头望去，彩色的经幡在阳光下跳跃飞舞。

江水泱泱，湄起“沧”茫

马越

“不要踩花！

花儿低了，

“你也长不高！”

母亲的呢喃在我耳边响起。我一路小跑，强健的骨骼和日渐丰满的羽翼早已使母亲追不上我的脚步。曲孜卡沿途风光旖旎，我从花儿的身旁疾驰而过，却不敢忘记母亲的叮咛。

她是我的母亲，她是个温柔、娇羞的高原女人，坚韧且富有力量。那是一个黑夜，这个神秘的女人伴随着杂多刺骨凛冽的风，大着肚子，焦急地在吉富山脚下踱步。漫天星辰，经幡涌动，她抚着肚皮，平躺在草丛中，手背青筋凸起，朝向天空望去。远处的山尖仿佛要把天捅个大窟窿。她放声祈祷：“孩子啊，你要平安降临。”

在这个黑夜，无数的星辰听见了母亲的祷告，它们嘱咐格吉花马，让它去告诉每一位山神，和母亲一起等待我的降临。在一阵规律又急促的疼痛中，母亲将我生了出来。她已经乏透，趁着星光瞧了我一眼，嘴里默念道：

▲ 澜沧江上游大拐弯

“澜沧、澜沧，我的孩子！”

黑颈鹤柔顺的羽毛从空中飘落，母亲嘴唇干涩，已昏昏沉沉地睡去。

我是被无数牧民拉扯大的孩子，又在僧人的目送中离去，炽热的阳光和奔跑的昂赛雪豹是故乡永不磨灭的记忆。神奇的查旦、藏族阿妈填满希望的背篓、牧民的歌唱、牦牛清澈的眼睛、一望无际的草原、冉冉升起的桑烟，还有我身上缭绕的雾气，都来自生命的馈赠。

我见证了一个时代的到来：希望家园修建了感恩亭，苏鲁乡山荣村完成了建档立卡和易地搬迁，牧民从逐水草迁徙到稳定多元就业，无数顶名叫“贫穷”的帽子已经被摘掉了。

牧民不允许人工修复，所以我自然又野蛮地生长，我即将远行，请勿担心。

我是母亲献给祖国的哈达。

在我离去的每个日子里，我迫不及待地给母亲写信：

母亲，站在我身后的是潮湿的雨林、苍翠的天堂山，是载歌载舞的傣家姑娘、漂亮又多情的孔雀，是温馨祥和的万家灯火。

母亲，我总是在走弯路，绕啊绕啊绕啊，和一群稀有的鱼一起呼啸前行。

母亲，总有漂亮的姑娘，她们坐在我身边，吹着微风，衣袖飘舞。

母亲，南方的空气氤氲着茶叶的清香，我一路南下，吹过旷野的风，也饮下过寂寞的泪水。

母亲，在阵阵茉莉花的清香中，我抵达了一个神奇的国度。这个国度的人唤我“湄公”。我滋养着两岸的土地。在每个思乡的夜晚，我望着河边的万点渔火，想逆流而上给你送信：我爱你，我想念你。

我絮絮叨叨地写下这些文字，处在思念中的我幸福又唠叨。我不辱使命地把祝福延伸到了东南亚，用自己的血脉滋养了一代又一代的人，他们有着不同的语言、

不同的习性，但他们和我一样深爱着家园。

我无数次地回头，望见灯火里的祖国，耳畔想起的是吉富山的风声，是牧民一句亲切的“扎西德勒”，是母亲温柔的叮咛。

江水泱泱，湄起“沧”茫。我最愿意被人唤起的名字依旧是“澜沧”。

我一遍又一遍在心里默念：

“但愿人长久，千里共婵娟。”

人类禁区

代丽娜

可可西里——这个让人梦绕魂牵的圣地，以其独特的魅力，立于世界之巅，亮相于世界舞台。

2017 年 7 月，在波兰举行的第 41 届世界遗产大会上，青海可可西里被获准列入《世界遗产名录》，成为中国第 51 处世界遗产。可可西里蒙古语意为“青色的山梁”，是我国面积最大、平均海拔最高、湖泊数量最多、野生动植物资源最为丰富的地区之一。这里是野生动物的乐园、高原精灵的天堂：这些生命是怎样顽强地在人类的禁区生息繁衍的呢？

千万年前由于地壳运动，世界上最年轻的高原——青藏高原诞生了。可可西里就在高原腹地，平均海拔 4600 米以上，有冰川、雪峰、湖泊、戈壁等地貌。

没到青海前，听到两个陌生的词：辫状水系和垫状植物。最初听到以为有误，查找词条方知孤陋寡闻。辫状水系是指分支多、弯曲度小、散乱无章且变化快的河道；垫状植物是指体积矮小、茎叶多毛、匍匐生长像垫子一样铺在地上的高山植物。这些河道如同人体的脉络，把可可西里的山

▲ 可可西里地区的河湾

川、湖泊、草地连接在一起，滋养万物，保持生态的平衡。而垫状植物如同人体的皮肤，保护、修复土地的同时，也为食草动物提供赖以生存的食粮。

到达西宁时，正值青海最好的季节。

脚下，高原植物生长正旺。它们以粗壮而柔韧的根系，穿插盘纡于石砾和石缝中汲取养分。苞叶雪莲、绿绒蒿、水柏枝、山岭麻黄等都生长于此。在这些缤纷的花卉中，我独爱素有“高山牡丹”之称的绿绒蒿。它的花有蓝、紫、黄等色，花姿优雅，高贵浪漫，美丽至极。每年6—9月，绿绒蒿就会在缤纷奇幻的王国里，挺举出硕大的花朵。大部分绿绒蒿一生只开一次花，开过花后，它们的生命就宣告结束。然后，它们会播下种子，等待下一次的轮回。这些高原独特的物种，默默而缓慢地生长，在高光时刻瞬间绽放。它们在严苛的环境中，迸发出极强的生命力，点缀着广袤苍凉的崇山峻岭，美得超凡脱俗。

▲ 全缘叶绿绒蒿

高原林林总总的植物把广袤的大地织成锦缎，铺成舞台，该轮到可爱的动物登场了。藏羚羊是这里的主人之一。可可西里是藏羚羊种群主要的产仔地。在优胜劣汰的角逐中，争得交配权的雄性藏羚羊，把孕育新生命的重任全权交给雌性藏羚羊，优哉游哉好不快活，这不免使人有些愤愤然。后来了解到，雌性藏羚羊迁徙的途中食物匮乏，雄性藏羚羊因不与之争食才选择不一同前往。原来如此，这也算是意外的暖心之举了。

每年春夏之交，不同地区的藏羚羊长途跋涉几百千米，历尽千辛万苦到卓乃湖、太阳湖、可可西里湖附近产仔。每当藏羚羊集中迁徙时，地上有棕熊、狼等在旁虎视眈眈，天上有盘旋的金雕、秃鹫等随时准备俯冲下来，它们四面受敌，随时都有生命危险。但即便如此，也阻止不了藏羚羊迁徙的脚步。漫山遍野的藏羚羊迁徙大军浩浩荡荡，气势恢宏，给沉寂单调的可可西里增添一道亮丽的风景，带来了无限生机。

在天然的大产床上，藏羚羊忍着一次次的阵痛，起来、趴下，再起来、再趴下，只为快些生产。母羊必须在最短的时间内完成生产，随后帮助幼崽站立、走路、奔跑，以躲避猛兽的袭击。卓乃湖、太阳湖和可可西里湖见证了一年一度的盛况，数以万计的藏羚羊在此聚集分娩，繁衍后代。这一刻，这里的一切都是这样安详、圣洁：高山以静谧致敬母亲，湖水泛着赤色的霞光给新生命洗礼。这里是它们眷恋的故土，它们在此延续希望，汲取能量，然后再一次踏上远征的旅途。藏羚羊这一相对柔弱的动物，以无与伦比的坚毅和执着，向人类传达母爱的伟大与生命的顽强。

可可西里的另一种动物，也是青藏高原的地域标签，它们被称为高原巨兽，这种动物就是野牦牛。野牦牛四肢发达，体格健硕，天性剽悍，凶猛善战，具有耐寒、耐饥、耐渴、耐缺氧等本领，对高原气候适应性很强，是荒原生命力的体现。野牦牛大多群居，它们成群向前奔跑之时，大有排山倒海之势。当危险来临之际，成群结队的野牦牛就会自动头朝外围成圆圈，把牛犊护在当中。一旦天敌接近，雄性野牦牛总是挺身而出，护卫群体，真有大丈夫勇猛无敌、敢于担当的英雄气概。

藏野驴也是可可西里的一员，是国家一级保护动物，当地人称其为“野马”。相对于其他动物而言，藏野驴更像是穿着棕色礼服和白衬衫的绅士，它们漫步在碧绿的草地上，悠然自得，惬意洒脱。藏野驴的听觉、视觉都很灵敏，比起胆小的藏羚羊、强悍的野牦牛，藏野驴似乎更加平易近人。如果没有外来惊扰，它们喜欢排成纵队鱼贯而行，守规矩且自律。藏野驴非常聪明，在干旱缺水的季节，它们会择地“掘井”，用蹄子刨出半米左右的水坑来饮水。这些水坑也为藏羚羊等其他动物提供了便利。这种方便他人之举，是否也很绅士?

至于棕熊、狼、藏狐、白唇鹿、黑颈鹤、秃鹫等就不一一赘述了，它们都是可可西里大家庭的主要成员。

来到昆仑山口，站在索南达杰的雕像前我肃然起敬。1994 年 1 月 18 日，“环保卫士”索南达杰在押解盗猎分子途中遭遇袭击，不幸牺牲，生命永远定格在了四十岁。可可西里零下四十多摄氏度的严寒，把英雄塑成一座冰雕，也在人们心中树起了一座丰碑。

▲ 昆仑山口索南达杰烈士纪念碑

索南达杰曾十二次进入可可西里无人区，他的足迹遍布野生动物出没的每一个角落。当看到被残杀的藏羚羊尸体时，他痛心疾首地喊出："这里不是无人区，而是无法区。"于是，索南达杰组建了第一支武装反盗猎队伍——野牦牛队，打响了野生动物保卫战，有效地打击了盗猎者的嚣张气焰，成为可可西里野生动物保护第一人。他曾经说过："如果需要死人，我就死在最前面。"最终，他把最后一滴血，滴在了他挚爱的这片土地上。

为了纪念索南达杰，可可西里第一个保护站——索南达杰自然保护站诞生了。索南达杰牺牲了，但他的精神鼓舞激励后来人前赴后继，完成他未竟的事业。

他的妹夫扎巴多杰放弃优越的工作，主动请求调回治多县负责西部工委的工作。他组织野牦牛队巡山，抓获盗猎藏羚羊团伙几十个，缴获藏羚羊皮几千余张。他与索南达杰一样，是当之无愧的英雄。如今他们的儿子也成为可可西里卓乃湖保护站的站长，一位守在藏羚羊迁徙的路上，一位护着藏羚羊的产床。

这里必须重点提一下巡山。想象中的巡山轻松、惬意，但在可可西里巡山，是非常危险的。这里气候多变，“一天有四季，十里不同天”，方才还是蓝天白云绿地，转眼就是冰雪暴风。在这里，生命的法则被颠倒，每一个不起眼的疏忽都可能是致命的。除了冻土，这里还有流沙和沼泽。

野牦牛队的队员居无定所，风餐露宿。昏迷、肺水肿、脑水肿这些疾病，每个队员大都经历过。在冷风呼啸的暗夜，他们睡在车里全身麻木，担心次日身体能否化开。这样严酷的环境，没有逼退、击倒他们，反而让他们更加义无反顾。每次进山都可能是最后一次，每次与亲人告别都有可能是诀别。所以，他们心照不宣地相互拥抱，他们是在用生命守护着可可西里。榜样的力量是无穷的，在索南达杰精神的感召下，不断有新生力量加入，一批又一批的管护员，日复一日年复一年，奉献着青春乃至生命，换来此处的和谐与安宁。

这些年由于国家出台一系列的保护措施，人们的环保意识也增强了，环保志愿者不断增加，生态环境得到有效改善。藏羚羊已从濒危调整为近危，数量不断增加。

当你看到野生动物救护中心，一群温柔的“奶爸”用粗糙的大手，治愈弱小的生命，然后把它们放归山野的那一瞬间。

当你看到野生动物款款而来，管护员或志愿者举起一块红色的牌子，提醒车辆禁行，禁止鸣笛，人们静静地等待这些高原精灵走过的那一刻。

当你看到青藏铁路建设者为动物迁徙预留下的那条生命通道。

湛蓝的天宇在见证，青色的山梁在见证，中华儿女在用心呵护这片土地上的生灵。这是对自然的敬畏，对生命的礼赞！

可可西里博大中含着冷峻，严酷中藏着温纯，狂野中含着惊艳，浑厚中藏着神秘。它是你想象中的远方，也是你未知的高危之地；它居于世界之巅，从远古而来，高傲得遗世而立；它独一无二的美，让世界仰视，也让这里所有的生命绚丽绽放。

黄河的少女时代

韩进

西宁的朋友跟我说："去贵德看看吧，那里的黄河是清的。"当时，我刚从兰州过来，曾在黄河边坐了一个下午，望着黄河之水的豪迈，想着古今诗句中对黄河的描述，心中感慨万千：我们是黄河的儿女，一条河见证了中华民族五千多年的文明史，滋养了一代又一代的中华儿女。

当我听说贵德的黄河水是清的，最清的时候能见到水底的鱼儿时，我的心便再度激动起来，急切地踏上了开往贵德的汽车。

我终于来到了西宁的"后花园"：贵德。当我走出贵德公交客运站时，一种"近乡情更怯，急欲问来人"的感觉油然而生，我迫不及待地一路打听，来到了黄河清大桥。

有些不巧，前夜刚下了一场大雨，周围山上的泥沙被冲了下来，黄河出现了一半清一半浑的景象。于我而言，这同样是难得一见的壮观景象啊。从地理位置上讲，贵德处在青藏高原和黄土高原的过渡段，境内有别致的高原风光和旖旎的丹霞地貌。

黄河横穿贵德全境，河面清澈而平缓，故有"天下黄河贵德清"的美誉。

沿着大桥，走下大坝，我来到黄河边。黄河水近在咫尺，像一位多年未见的老友那样亲切。此处的黄河水非常丰盈，和壶口瀑布的壮观相比，它显得有条不紊。如果不是亲眼所见，真的很难相信，眼前平静、温柔的一湾河水和“风在吼，马在叫”的滚滚黄河是同一条河流。

两辆私家车从桥上下来，沿着下坡路停在了河边，有人下车捡了几块河边的石头，说是拿回家放枕头里，有按摩作用。耳边传来他们爽朗的笑声，久久不愿离去的他们，拍完照开始野炊。黄河边，是许多人休闲的欢乐之所。

凡是来到贵德的外地人会如我一样，发出灵魂之问：为什么这里的黄河之水如此清？原来，黄河在流经贵德前，上游有著名的龙羊峡水库。黄河流经水库时，大量的泥沙会沉淀下去。其次，黄河水从上游到贵德这一段，河床是石头底，泥沙较少。而且，此段黄河两岸植被茂密，这些植被有很好的固沙作用。所以贵德的黄河水很清。

我们的母亲河，大地上的一条动脉，用源源不绝的乳汁，哺育着中华民族。黄河发源于青海腹地，上游流经高原峡谷，中游穿行黄土高原，下游流入华北平原。黄河中段因流经黄土高原，挟带了大量的泥沙，形成了我们常见的模样。

我决定在黄河的岸边寻找宾馆住下来，让自己的身心与灵魂深度地感受清清的黄河水。第二天，我又急切地来到黄河边，等待观看上游龙羊峡水电站泄洪后这里的变化。不一会儿，只见水越来越清，越来越湍急，开始向堤岸漫延。岸边已被涌上来的水占领了，我只好登上更高的地方。沿着岸堤，跟着黄河水欢快地跑着，我的心也跟着欢快地跃动着。能见到这么清的黄河水，我像是在梦中一样。

一位带着孩子的老妇人，知道我想去附近转转，便欣然做了我的向导，带我沿着小道向她家中走去。路两边的麦子摇曳着饱满的麦穗，泛着清新

▲ 贵德黄河湿地

的麦香。老人告诉我，这是黄河滩边的小麦，二十天后就可以收割了。

“你吃洋芋吗？”老人问我。

“什么是洋芋？”我问。

“就是土豆。”说完，老人拿来一个烤熟的土豆递给我。我不由得笑了起来，连说谢谢。

村庄散发着浓浓的生活气息：一垛垛的柴火，晒得干干的烧火用的“羊粪砖”，开得正盛的土豆花，还有专门为喂羊而种的一块草地。这里湿地多，没有放羊的地方，人们在自家的门前种上了草。

天色渐暗，我告别了老人一家，向黄河少女广场走去。

广场上有跳广场舞的，有拍照的，古老的大水车注视着来来往往的人们。此刻，这里喧闹中透着静谧，休闲中透着惬意。那尊汉白玉少女雕塑纯洁端庄、柔美质朴，蕴含着青春的韵味。她端坐于浪花之上，手托秀发，垂落的衣裙柔顺飘逸。

▲ 贵德黄河少女文化广场

在雕塑后面，我看到这样一段话：

只有真正到了黄河源头，你才会知道并且相信黄河是蓝色的。同样，也只有当你用最纯洁而高尚的灵魂去追溯这条伟大河流的历史，你才会亲眼目睹这眼前的奇迹：伟大的黄河母亲又回到了自己的少女时代！

夕阳西下，清澈的黄河水波光粼粼。

雾锁拉脊山

彭吉明

七月的青海草原鲜花盛开，绿草茵茵，牛羊成群。前往青海湖旅游的人络绎不绝。那天早上，我们一行人启程后不久就大雨滂沱，一路行来一路雨，到青海湖时雨依然下个不停。狂风夹着大雨，又冷又湿，赏景之心全无，兴致索然。于是乎，我们商量到黄河岸边的贵德，便调头返回日月山，依依不舍地把蓝宝石般的青海湖甩在身后。

一路上，公路两旁到处都是牛羊。它们散落在绿油油的草原之上，远远望去像开在绿色巨毯上移动的花朵，白的是藏羊、黑的是牦牛，煞是好看。雨还是时下时停、时大时小，氤氲的雾气弥漫在广袤的草原之上，随风飘荡，如梦似幻。极目远眺，草原尽头苍青的山巅上覆盖着皑皑白雪。

路旁景色不断变换着，偶尔可看到古朴自然的藏式房舍，房舍旁的风马旗随风猎猎飞扬。间或有几顶帐房点缀在牧场上，袅袅的青烟从帐房顶上升起。可能是雨天的缘故，青烟在无风的旷野上空缓缓地几乎垂直地向上升腾。

汽车像蜗牛一样在高原爬行，爬到拉脊山高处时，铺天盖地的大雾弥漫开来，能见度只有十几米。汽车像是行进在白茫茫的雾海中，分不清东南西北，开了雾灯还是朦朦胧胧的。喇叭声穿过厚厚的雾障嗡嗡作响，司机们在互相提醒对方，以免发生不测。大雾在玻璃上凝成水珠，雨刷器忙个不停。雾海中缓行的车仿佛走在天街上。路两旁无依无靠如临深渊，万一发生不测则后果难以想象。前面的车想停下来又怕后面的车撞上来，只能硬着头皮前行，时速不足二十迈。突然，对面有一辆车冲破白雾的帐幔迎面而来，两车几乎擦身而过。大家全神贯注直起身子向前伏着，脖颈儿像鸭子一样提起来，眼睛直勾勾地望着前方。司机老刘紧握方向盘格外小心地驾驶着，问道："两旁是悬崖吗？"我答："是平展展的草原。"其实我什么也看不到，这么说只是为了给目不斜视的他壮胆罢了，心早就跳到嗓子眼儿了。身旁的女同事一脸惊慌和茫然，紧握扶手不敢出声。

汽车大约在雾海中爬行了半小时，渐渐地雾薄了起来，路清晰了起来，

▲ 拉脊山美景

心静了下来。我们终于冲出了拉脊山的雾障。风吹着，雨停了，牛羊像簇簇花朵盛开在草原上，眼前豁然开朗。到了一处观景台，我们下了车，回首刚才惊心动魄的来处，仍然是白雾漫漫，云山雾海。噢，那就是拉脊山！向下望去，山路盘旋，金黄的油菜花田一块一块镶嵌在绿油油的草原上。远山苍青、白云缭绕、蓝天辽阔，我们仿佛从噩梦中醒来又喝上了一杯美酒。同事们照了一张合影，在冷风中瑟瑟发抖，喜悦挂在嘴角。好险啊！生平第一次遇上这样浓、这样大、这样厚的雾障，此生难忘，心中默吟出一首小诗：“车行似蜗牛，浓雾锁高原。牛羊藏云海，车灯亮白天。十米不辨路，五步有危险。回看惊魂处，众人尽开颜。”这也算是苦中作乐。胆大心细的老刘默默站在一边，回望那一处弥天大雾一脸安然，真看不出平日少言寡语的他关键时刻还是位勇者。

人生何尝不是如此：“山重水复疑无路，柳暗花明又一村。”

天上的约古宗列曲

陈劲松

去寻访约古宗列曲（又名玛曲）的念头由来已久。这一念头犹如漂浮在水面的葫芦，一次次被生活中的琐碎俗事按下，又一次次倔强地漂浮起来。我曾多次在电视上和照片中见过它，也曾多次计算过从我所在的小城格尔木到它的距离，路途貌似迢迢，但在辽阔、广袤的西部高原，这实在算不得一个多么遥远的距离。

我在很多地方都见过黄河，青海、甘肃、宁夏、山西、陕西、山东……我曾见过静如处子的黄河、碧蓝澄澈的黄河，也见过翻滚咆哮的黄河，还见过浊浪涌动的黄河……它摇曳多姿，横亘在中国的大地上，穿行在文字里。在时间和历史之上，它轻盈又厚重，温柔又粗暴。很小的时候，我便知道黄河的源头在青海，知道黄河是从这里迈出了一路东行的脚步。但定居青海二十多年，我竟一次也没能到黄河的源头看一看。

一

2022 年，我和几位朋友有幸受邀参加约古宗列曲的科学考察活动。那股从云端垂挂下来的水流，一下在我的内心里流出了哗啦啦的声响。

我的朋友包括作家索南才让、冶生福，儿童文学作家唐明和诗人井国虎。司机杨师傅、王师傅都是经验丰富的“老青海”，他们经常带队出野外，对西部的路况非常熟悉。

出发当天，我们在火车站附近吃了早饭，然后便出发前往曲麻莱县。曲麻莱县，位于青海省西南部，隶属青海省玉树藏族自治州。曲麻莱，藏语意为“红色的河，宽阔的滩”。约古宗列曲发源于曲麻莱县麻多乡，通天河也穿境而过。曲麻莱县是中国南北两大水系上游的主要涵养区，县域全境都位于三江源国家级自然保护区内。

二

两辆越野车一前一后驶出小城。按照之前商定的路线，我们要先沿着青藏公路往拉萨方向行驶几十千米，再向东南拐入去往温泉水库的公路，接着再走几十千米，就进入真正的便道了。我有过数十次去可可西里的经历，所以对青藏公路异常熟悉。越野车一驶出格尔木，就一头扎进了大戈壁。这里的植被极少，恹恹的黄色沙粒铺向远方。三十千米外，就是群山奔涌、苍凉雄奇的昆仑山了。

索南才让、冶生福、唐明乘坐杨师傅的车，我和井国虎则坐王师傅的车。车上配备了卫星电话和对讲机，这些设备对荒野行车极其重要。阳光照在无边的戈壁上，照在赭色的连一根草也没有的昆仑山上。车子在昆仑山中穿行，行驶了七十千米后，从青藏公路驶下，往东南方向穿过一座铁路涵洞，驶上去往温泉水库的窄窄的水泥路。青藏公路上来往的车辆很多，而这条路上只有我们两辆车，汽车发动机的声音一下显得沉闷而清晰。司机王师傅五十多岁，稳重沉着，一副可靠的老司机模样。我们在这条路上行驶了一个多小时，连一辆车也没有遇到。我们逐渐深入到了昆仑山的腹地，群山连绵不断，都是一色的灰赭色，看不到一个动物，也看不到一棵植物，山中的世界，静得令人觉得不真实。

路况变得越来越差，很多路面沉降严重，这是山中洪水的杰作。车速降到了五六十千米每小时，依然显得颠簸，我们开始抱怨路况不好，王师傅说："一会儿连这样的路也没得走了。"话音未落，前面杨师傅的车子已驶下水泥路，沿着几行散乱的车辙印驶向了远方，汽车猛地卷起了浓重的尘土。王师傅停了车，等尘土散去，才远远地跟在杨师傅的车子后面。已经完全没了道路，两辆车子只能沿着忽隐忽现的车辙印前行，有时候还需要走上一段完全没人走过的新路。碎石和沙砾打得车子啪啪作响，关紧车窗，依然有浓重的土腥味扑进车内。汽车如浪尖上的小船，颠簸得厉害。阳光耀眼，照在满地的砾石上，反射出惨白的光，四周异兽般奔突的昆仑山无声地涌向远方。

两辆车在一处稍平坦的干枯的河滩停住，从车上下来，每个人都拉伸着身体，几个小时的颠簸，身体早已疲乏不已。已近正午，阳光很烈，但气温很低，虽是夏季，但穿着薄羽绒服依然能感受到丝丝凉意。极目远眺，一座座雪山在蓝天下闪着光亮，仿佛神话中的圣殿。此处的海拔已经超过了4300 米，我们简单休整一下，又继续上路。

绕过两座山之后，前方突然出现了一抹浅浅的绿意。王师傅说："我们已经进入曲麻莱县境内了。"真是神奇，刚才所见还是一片荒滩，忽然间各种花花草草就冒了出来，而且绿色还越来越浓。随之出现的，还有哗哗流淌的清澈溪流、贴着草地迅捷地飞来飞去的小鸟、一窝窝探头探脑的憨憨的土拨

▲ 昆仑山风光

鼠。各色鲜花从山坡上漫下来。此处的昆仑山与刚才见到的大为不同，除茂密的植被外，山峰也不那么险峻了。“狼！”王师傅叫了一声。我们沿着他伸出车窗的手指看去，果然看到了不远处山梁上的一只狼。它悠闲地站在山坡上，对我们的闯入不以为意。

我们又往前开了一段路，在一条小河的拐弯处停下来，这里有一片面积很大且平坦的河滩。我们从车上把食物拿下来，围坐在一起，简单地吃了午饭。这真是一处好地方，因为河水的缘故，此处的草比别处旺盛得多，鲜花也开得热烈。饭后，我们几个人躺在草地上，清流潺潺，水声悦耳，鲜花的香气随处飘散，令人陶醉。我起身在河滩随意闲走，被一丛丛的鲜花引向远处，马兰、龙胆、翠雀、火绒草、红景天、垂头菊、圆穗蓼……蓝色、粉色、紫色、火红色……一片片的花儿开得如梦似幻，让人生出恍惚之感。

我们继续出发，车子又行驶了一小段路，一条简易的沙石路突然出现在了眼前。

三

汽车驶上沙石路，颠簸顿时减弱了很多。我们又向东行驶了五六十千米，在经过一处草原观景台后，王师傅说：“约古宗列曲就快要到了。”不一会儿，路边出现了一个蓝色的标识牌，上面写着“黄河源”的字样，并标明了方向。时间已是下午三点，我们向南拐入了一条草原上的便道，说是便道，其实不过是车辆轧出的辙印而已。路面上布满了大大小小的坑洞，大的如脸盆，小的如马蹄，我们都抓紧了车上的扶手，免得在剧烈地颠簸中磕碰到自己。

汽车驶下山坡，整个约古宗列盆地便一览无余了。约古宗列盆地呈椭圆形，周围被山岭环绕，盆地内绿草如茵，鲜花盛开。约古宗列，藏语意为“炒青稞的浅锅”。盆地中泉眼密布，湖泊众多，在阳光下闪着粼粼的波光，一条细细的水流闪着光亮蜿蜒而去，那就是幼年的黄河吧！远远地，在盆地的西南方我们看到了一块高大的石碑，虽然看不清上面镌刻的字，但我知道，那里应该就是黄河的源头之一了。

我们把车停在了离石碑不远的地方。石碑下面不远处的缓坡上，有一块被木栅栏围起的长方形草地，里面波光粼粼。木栅栏不过三四十厘米高，上面系满了各色哈达。走近后，可以看到泉眼处的水汇成一个小小的水洼，旁边的地上有中国国家地理的圆形标志，一条深不过十几厘米、宽不过一拃的溪流就从这里流向了远方。溪流流过的地方，青草呈现出深绿色，花儿也开得更为繁密。我抬眼望向南面披覆着积雪、直插云霄的“玛曲曲果日”（藏语意为“黄河的源头山”），想起李白“黄河之水天上来”的诗句，深以为然。我跟着蜿蜒的溪流走向远处，心生惊叹，就是从这海拔近4700米的云端流出的细若游丝的一股清流，在数千千米的路途中曲折前行，兼容并蓄，

▲ 航拍约古宗列曲

慢慢汇成了一条浩荡澎湃、气势雄浑的大河，生出了“咆哮万里触龙门”的气势，哺育了数千年的中华文明。

太阳渐渐西斜，金色的阳光洒在不远处的八座圣洁的白塔上，约古宗列盆地静寂而肃穆。

该走了，在溪流边一处鲜花拥簇的草甸上，我俯身与它拜别。

我们每人都从泉眼处掬了一捧水喝，必须要上路了，我们离目的地曲麻莱县城还有五六个小时的车程要走呢。

第二辑

江源载梦

藏式碉房：与大地一同生长

唐涓

前往果洛藏族自治州班玛县考察藏式碉房，这个想法由来已久。作为藏族古老独特的文化遗存，它与其地域的历史文化息息相关，密不可分。曾经是中国西南地区重要贸易通道“茶马古道”上的重镇班玛，藏语意为“莲花”，百余年前商贾云集，贸易兴盛，因而遍布班玛各地的碉房便融入了多民族文化的建筑元素。这极具特色的民族建筑，也使班玛县的班前村声名远扬。2014 年，班前村被住建部及国家文物局共同评选为“中国历史文化名村”。如今，班前村还是著名的红色教育基地，当年红军长征途经青海时，曾驻扎在班前村。村前那片绿意葱茏的草地上，留下过开国元勋朱德、李先念、贺龙、任弼时等人的足迹。走进班前村，你便会和这条红色的路线不期而遇。

我们是在傍晚进入班玛县城的，也许是过了旅游旺季，街市显得有些冷清。在中国城镇现代化高速发展的今天，班玛县依然以淡定的心态延续着昔日的容貌。街道两旁，都还是些低矮的建筑。从班玛县城前往班前村，距离有 50 余千米。汽车驶出县城，很快进入了玛可河林场。玛可河是大渡河重要的源流，玛可河林场是长江源头海拔最高的天然原始林区，但见山峦苍翠、水流丰沛，散落在山谷间的藏式碉房陆续进入视野。据说，班玛碉房的历史可以追溯到800年前，而班前村内的碉房多半有300年以上的历史。查阅有关资料,《后汉书·南蛮西南夷列传》中就有“皆依山居止，累石为室，高者至十余丈，为邛笼”的记载。如此推算，青藏高原最早的碉房大约出现在东汉时期。而考古人员发现石砌建筑技术出现的年代更早，从西藏昌都的卡若遗址判断，石砌建筑技术大约在距今4000年的新石器时代就已产生。

在班前村，我目光所及之处，基本都是外观古拙的四角石砌碉房。在这里，我见到了几处拥有300余年历史的碉房。经过如此漫长岁月风霜雨雪的磨砺，它们依然完整地保留下了最初的模样。近在眼前的这栋，没有人能说得清究竟住过多少代人。碉房一般为三层，外墙用石片砌成，再用黄泥涂抹墙面。虽然墙体上多处和碎秸秆混合的泥巴都已脱落，裸露出粗粝的石片，但仍可以看出当初涂抹的泥巴相当厚，差不多有8厘米，我想这厚厚的泥巴在冬季能起到御寒保温的作用。碉房的一层基本不开窗，可能是为了安全，光线完全来自低矮的房门，主要用来放置杂物和圈养牲畜。那天我走进这座历史悠远的老宅，站在空荡幽暗的底层，想象着数百年前，这个家族的先祖，在没有月光的夜晚，手持什么样的照明用具来照亮自己脚下的路，是那种古老的酥油灯吗？采光最佳的三层是设置佛堂的地方，这栋老宅因为年代太久，面积窄小的佛堂已看不出当年庄严鲜艳的色彩。班前村的老宅还有一个独特之处，在房屋外围有用柳条编织的篱笆墙。篱笆墙和房屋外墙之间隔出了约一米宽的走廊。这样，篱笆墙既能挡风，隔离出来的空间还可以放置牲畜吃的草料。

这些地处三江源地区的藏式碉房，外墙平面呈梯形，很有美感。但对很多在城市的水泥森林里生活久了，又不熟悉藏式建筑的观者来说，一定不明白碉房的平面为何砌成梯形。这是藏式碉房极为独特的建筑技术——收分。

厚实的墙体外层从墙根向上按一定比例逐步收敛，而内墙却始终保持垂直。这种下重上轻的结构可以起到抗震的作用。三江源地区属于地震的多发地带，为了让自己千辛万苦盖起来的房屋屹立不倒，聪慧的藏族先祖在生活中创造出了多种抗震方法。这些看似用乱石片随意组合成的石墙，其实石片之间交错的缝隙，以及弥合缝隙的黄泥，为缓冲地震时的拉伸作用留出了足够的伸缩缝，可以均匀地消解和分散石片相互挤压的力量。同时，上轻下重的梯形结构、内置的横梁、安置在石砌墙体内部的墙筋等，均起到了天然减震器的作用。

从卡若遗址显示出的碉房雏形，到时光逐步雕刻出它朴拙的造型，石砌碉房始终贴近大地，与自然融为一体，并用丰富的信息为我们展现了千百年

▲ 藏式碉房

来藏民族的生存轨迹。三江源区域内丰富的林木和石料为石砌碉房这一独特的建筑创造了天然条件，而地貌与气候又使碉房成为生活在这里的人们的必然选择。藏民族对石头的崇拜，对石头的理解，以及对力学原理的天然领悟力，使得这种就地取材的建筑艺术拥有了丰富的历史文化内涵和科学研究价值。可以说，碉房凝聚了藏民族的智慧，是浑然天成的艺术杰作，更是世界建筑艺术宝库中的珍品。石材质地坚硬，散发出阳刚之美，好似藏民族坚韧豪放的性格。并且，碉房的用材取自大地，最终又回归大地，没有任何污染。

此刻，我正站在班前村一栋碉房的晒台上，一位 80 多岁失聪的老奶奶仍然留在这老屋里。她悄然无声，用温和的目光与我对视。我双手合十，对惊扰了老人家表示歉意。从这里放眼望去，远处鳞次栉比的碉房在盛夏浓烈的阳光里，和青翠的山野浓缩成一幅别有情韵的油画。那些碉房外墙密集的石片，任凭时光的嬗变流转，始终心无旁骛地守护着自己的本色。

记得有位建筑学者说过，无法与大地割裂开的，才是建筑。我相信，他一定也曾站在这晒台上，眺望过那群被山野簇拥的石砌碉房。

（节选自《江源大地的另一种植物》）

那一抹海天之蓝

龙仁青

多刺绿绒蒿

在海拔 4000 米以上的三江源地区，多刺绿绒蒿在众多的野花中算得上是“高大”的花卉了。尽管如此，它的植株也就只有十几厘米的样子。在可可西里边缘、唐古拉山脉，在黄河源头的牛头碑下，我都目睹过它的芳容，并端着相机，匍匐在地上，把它们定格在我的相机里。但当我第一次看到它被画在纸上，依然被它的“高大”所震撼。

那是在央视的一期《朗读者》节目，被誉为“中国植物画第一人”的曾孝濂老先生被请到了现场，他带来了他亲手绘制的一幅植物画，画面中正是一株多刺绿绒蒿。镜头推向画面定格了几秒钟，我立刻被那株高大的多刺绿绒蒿震撼到了。作为故乡青海常见的一种野生植物，我已经对它熟视无睹。从来没有意识到，当人们把它从它广袤的生境中独立出来，去掉它周围的荒芜与杂乱，它竟然如此亭亭玉立。对，亭亭玉立，这个成语便是为它而创造的。我忽然意识到，画面中的多刺绿绒蒿，才是它本真的样子，正是曾孝濂先生用植物画家

▲ 多刺绿绒蒿

独到的眼光，看到了它的本真，它才被原原本本地留在了纸上。

在高原，在三江源地区，绿绒蒿也不单单是蓝色，全缘叶绿绒蒿的金黄、红花绿绒蒿的鲜红，都那样艳丽地点缀着这片高地。居住在这里的人们，热爱生活，喜欢用鲜艳的颜色装点自己。他们身上的饰品，也因此鲜艳无比：金黄的蜜蜡、鲜红的珊瑚。有人说，绿绒蒿的色彩恰好对应了这些饰品的色彩，比如全缘叶绿绒蒿与蜜蜡、红花绿绒蒿与珊瑚。那么，多刺绿绒蒿呢？在藏族人身上的饰品中，多刺绿绒蒿对应着绿松石，但它似乎还对应着什么。

我思索着，如果还有一种对应，那么多刺绿绒蒿的碧蓝对应的就是高原人的那双眼睛吧。如果你走上高原，看到一个牧民，不论他是男人还是女人，老人还是小孩儿，你会发现，他们的眼睛是那样的澄澈、明亮，让你不由得想起明丽的天空和大海。

而多刺绿绒蒿吸吮着蓝天的颜色，把这片高地隆起之前的古海洋留存在自己的花瓣上。从它的蓝里依然能看到天空的高远、海洋的深邃。当它定格在一幅画里，它的蓝，依然是高远、深邃的，有着生机盎然的动感。

蓝玉簪龙胆

草原进入初秋，我看到夏天的无奈与挣扎。远远看去，翻滚的草浪依然涌动着青绿，那是不甘随季节远遁的夏天以叶绿素的方式躲避在草叶里。但走近一看，就会发现，秋天正从每一株绿草的边缘和草尖上侵入，势不可当地渗透着，亮明了它作为即将到来的这个季节的所有权。尽管在向阳背风的草坡，在水分充足的沼泽地——一些夏天的“同谋”依然在暗地里挽留着夏天，以阳光、水的名义，拖延着夏天离开的时间，但一切大势已去，秋天正汹涌而至。

也就是在这个季节，草原上原本姹紫嫣红的野花们都渐次收起了它们的色彩与芬芳，但有一种花却悄然在由绿变黄的草色中绽放了。它就是龙胆花，它有一个诗意的名字：蓝玉簪龙胆。蓝玉簪龙胆是用玉雕琢成的一枚温润的玉簪——它天生就该闪亮在一位女子的发髻间，这位女子有着历经世事的坦然与雍容。

在整个夏季，草原上的野花带着对生命的渴求，在短暂的温暖里完成开花、结果的枯荣。伴随第一缕秋风，它们便化成一撮花肥，开始等待下一个季节的轮回。而龙胆花这才开始悄然地开放。

忽然就想起蓝玉簪龙胆的藏语名字——邦见温保，意思是装点着原野的花朵。逐水草而居、随季节游牧的高原牧人，在将要度过冗长的冬日之前，看到了自然对他们最温存的安慰——那一抹海天之蓝。

▲ 蓝玉簪龙胆

微孔草

安静、随和、不事张扬，人们往往会把这样的特质与羸弱、被动等词汇联系在一起。

比如微孔草，总是生长在高寒草甸、林地、灌丛和次生植被中，混杂在诸多一年生或二年生的野生植物群落中，一旦有新物种入侵，它即刻退却，不愿与之为伍。它微小、低调，不引人注目，但它却耐寒、耐旱，是高原山地次生植被中的生态适宜植物。

约成书于8世纪中叶的《宇妥本草》是前宇妥·云丹衮波所著，是藏医学习本草的经典之作。该书对生长于青藏高原地区的诸种药用植物的生地、形态、性味、功效等有详细论述和记载，其中也专门提及微孔草，并以诗歌的形式讲明了它的外观和功效：

生于草甸微孔草，
叶片粗韧贴地面，
长短五指或六指，
蓝色花朵成密集，
根际生有细绒毛，
治疗疮伤之良药。

想到此，我心里不由得微微有些波动。这微弱的花儿，如此坚韧，还有着一副慈悲的利他心肠，看到别人的伤痛，便毫无顾虑地牺牲自己，赴汤蹈火，宁愿把自己研磨成一抹药粉，熬制成一口药汤，去为他人疗伤。这胸襟像蓝天、大海一样壮阔，却容纳在那么小的花冠里。

微孔草的花儿只有四五毫米，躲藏在繁盛的枝叶之间，不露声色。说它不事张扬，它却为自己的花瓣选择了鲜亮的蓝色，决然与高原常见的野生花卉艳丽的金黄和粉红错开了颜色，显示出了个性，与多刺绿绒蒿、蓝玉簪龙胆站在了一起。

每次看到微孔草，我就会想起一首诗。这首诗是清代诗人袁枚的《苔》：

白日不到处，青春恰自来。
苔花如米小，也学牡丹开。

但微孔草只是随和低调，却没有苔花的卑微。它不会开在没有白日的阴暗潮湿的角落，而是喜欢强光照射。

或许，微孔草曾经是天上的星星，在天地翻覆的造山运动中，也曾被浸泡在古海洋的蔚蓝里，因此它有着星星的样子，古海洋的颜色。

草原守望者

赵久莲

2019年11月26日，以“新时代的中国：大美青海从三江源走向世界”为主题的中国外交部青海全球推介活动在北京举行。一石激起千层浪，中国的国家公园要来喽！它叫三江源国家公园，雄踞于青藏高原腹地，是长江、黄河、澜沧江的发源地，素有“中华水塔”“亚洲水塔”之称。三大江河起源于同一区域的地理奇观，在青海向世人惊艳呈现。这里不仅千山堆绣、百川织锦，还有无数个像杰桑·索南达杰一样的高原卫士，他们在默默无闻地守护雪山牧场、花草空谷和高原精灵。

黄河干流在海南藏族自治州境内流淌约411千米，穿越州属五县。2019年7月初，我有幸参加了青海省内党报融媒体“行走411”特别采访活动，我们走进了同德县。同德县在海南藏族自治州东南部，地处三江源自然保护区。

我们从同德县尕巴松多镇出发，向东南方向驱车两个多小时，到达了河北乡。河北乡西、北、东三面环山，南临黄河，森林资源丰富。车子停靠在公路一侧，我们被山峦间那种大自然渲染出的绿色所震撼，无数次沉醉在高原的蔚蓝里，却未曾遇见如此极致的青翠，那些绿仿佛是从山中渗出来的。这里奇峰耸立，溪流潺潺，植被繁茂。我们走在祁连圆柏、青海云杉、白桦树林间，宛如处在人间天堂。雪鸡、岩羊、藏羚羊等珍禽异兽，在草窠和灌木丛中留下了一串串脚印。

遇见盗猎者

我们跟随河北林场场长胡明刚、副场长切群加等人，沿着草甸铺成的路，进入了天然林区。这里树林荫翳，危崖突兀，峡谷幽静，分布着众多切入山崖的洞穴，大自然的鬼斧神工，令人叹为观止。半山腰的一棵古树映入我们的眼帘。“这是生长了四千多年的祁连圆柏，林区里面比它更古老的树还有不少呢！”胡明刚拍了拍树干说。

河北林场始建于 1956 年，早年由于人为破坏严重，林场的生态环境急剧恶化。自 1998 年以来，河北林场实施了天然林保护工程、退耕还林工程，生态环境得到很好的改善。

“这些年，河北林场一次火灾都没有发生过，盗猎行为也很少发生。”切群加说。

切群加是同德县本地人，瘦高个儿，1993 年参加工作后，就到河北林场成了一名护林员，经历了林场多次变迁，也见证了林场成为生态保护重地的过程。说起过往，他感慨万千，守护山林，需要忍受艰苦与寂寞，还可能与盗猎者进行殊死搏斗。

1995 年，切群加独自一人在林场检查站检查过往车辆时，发现一台乘坐了七个人的拖拉机上的东西很可疑，有铁丝网、手钳、猎刀等工具，还有几个扎得结结实实的蛇皮袋。凭着直觉，切群加知道遇到盗猎者了。他迅速爬上拖拉机，看到车上有两张野狐皮，他又用手摸了一下蛇皮袋，感觉里面像是野生动物的毛皮。

对方有七个人，他们护住蛇皮袋，不让切群加打开，其中一个人还不断哀求切群加网开一面。

切群加一个人争不过他们，只能按照林场规定，暂扣了这些野狐皮。没想到那七个人开始围攻切群加，并用猎刀刺伤了他，抢回了野狐皮。直到第二天天亮，一位放羊的牧民才发现了滚落到山脚下昏迷的切群加。

切群加在医院治疗了一个月后才慢慢康复。受到惊吓的家人，让切群加放弃这份工作，切群加对他们说："这里是我们的家园，如果我们都害怕盗猎者，不敢面对他们，还有谁会去守护林场呢？林场需要我，我也离不开林场。"正是这次死里逃生的遭遇，更加坚定了切群加守护林场的决心。

切群加的一言一行，影响了更多的人自愿加入保护原始森林和野生动物的行列。河北乡的牧民自发组建了一支民间队伍，加入了守护美丽家园的行动中。多年来，他们的足迹踏遍了河北林场的角角落落。越是天气恶劣，他们越要出去巡护，绝不给盗伐者可乘之机。

护林就是护家

同德石藏丹霞国家地质公园地处青藏高原东北缘的祁连、西秦岭、东昆仑三个造山带的交会处，公园内目前确定的地质遗迹点共有 96 处。这里是河北林场石藏片区看护范围，野生动植物很多，但林场人员少，管护难度大。

"那是 2000 年的一天，我们正在林场的石藏片区进行日常巡逻，住在附近的才让当周突然跑过来，问我能不能让他看护这片林子。"虽然时隔多年，但切群加仍然清清楚楚记得这件事情。

“你能守护肯定是件好事，可我们没有经费给你发工资啊。”

“没关系，没有工资，我也愿意干。”才让当周坚定地点了点头。就这样，他成了河北林场第一名义务护林员。当时，林场的工作环境很艰苦，整个林场只有一辆车，护林员全靠步行。才让当周出发前背着青稞炒面和酥油，一天至少要步行三四十千米，像这样巡山，一个月少说也有 20 天。他夏天喝泉水，冬天喝雪水，与丛林、雪山、牛羊为伴，对树木、小草说话，在深山里过着与世隔绝的生活。

“我喜欢走路”“我要守护这片山林”，这是才让当周常说的两句话。每到月底，才让当周都要步行去林场汇报一个月的巡护情况。

“60 千米的山路，他从早上出发，下午到林场，汇报完片区的守护情况后，住一晚上，第二天早上再走回去。”切群加说。才让当周就这样巡山护林，日复一日，月复一月。

两年后，林场开始招聘护林员，才让当周成了一名正式的护林员，但他一年的工资只有一千多元。

扶贫攻坚工作开始后，县上要求护林员岗位要留给建档立卡贫困户，因此不少人都离开了林场。才让当周站在切群加的面前，说出了和之前一样的话：“我还是想当护林员，没有工资我也干。”

后来看到扶贫公益岗位名单中有才让当周的名字时，大家才知道，这个年近五旬的藏族汉子的家庭并不富裕：牛羊和草山都很少，妻子患有心脏病，女儿在家照顾年幼的孩子，女婿放牧，才让当周一年一千多元的工资，算是这个家庭最稳定的收入。十几年来，他完全可以再去找个挣钱的活儿，可他就是舍不下这片森林。

切群加说：“按照政策，我们继续让他当护林员。现在护林员的收入也增加了，每人每月有 1800 元的工资。”站在树下的才让当周憨实地笑着，真正让他高兴的是，他又能继续留下来守护这片山林了。才让当周个儿不高，皮肤黝黑，头发有些凌乱，穿着迷彩服，鞋上沾满泥水，胸前挂着林场统一配备的工作包，他说：“我出生在山里、成长在山里，从小在这里放牧，祖祖辈辈在这里生活，守护这片绿色的大山，就是在守护自己的家。”

“为了让护林工作更方便，我们要求护林员巡山时在微信群中发送拍摄的小视频。看到大家都在用微信，才让当周也去县城买了部新手机。”切群加说。

1100 元的支出，意味着才让当周花费了近一个月的收入。他之所以做出

▲ 河北林场中的天然林区

这样的决定，完全是因为护林工作的需要。他学会了使用微信，熟练地发送着巡山小视频。

“我把山上看到的情况，拍视频发到巡山微信群，这比我跑一趟快多了！”才让当周谈起工作，一脸的喜悦。护林员的工作在别人看来也许平淡枯燥，但人们从才让当周的口中，听到的则是变化与希望：2004 年，他有了一辆摩托车；2005 年，他有了一副望远镜；现在，他有了一部手机。

十几年的坚守，小树一天天长大了，山上的牧草越来越高了，才让当周也老了，他的 8 个荣誉证书静静地躺在抽屉里。

林场新变化

胡明刚拍着一棵柏树，说：“我刚开始护林时，这棵树没多高。现在都这么大了。”他从老家互助县到河北乡 50 多年了，在河北林场工作 30 多年了，把最美的时光奉献给了这片土地。

随着植被覆盖率的增加，野生动物的种类与数量日益增多。目前，这里的野生经济植物有 300 多种，野生动物有 20 多种。胡明刚说：“近几年，狼群频繁现身，牧民的羊常被狼吃掉，留羊还是留狼呢？狼是中国二级保护动物，不能猎杀。对于损失严重的牧民，国家、省、州三级会按比例给牧民发放补贴。”

河北林场总面积约 74 万亩。河北林场的工作人员有 20 余名，周边村落中还有 80 余名管护员，他们共同守护这片原始生态林区。

“过去巡一次山需要 20 多天。如今，网络发达、交通便利，条件好多了。”切群加说。护林工作分片划区，护林员相互之间通过微信、电话及时沟通，提高了工作效率。

2018 年林场内安装了 6 个视频监控点，实行分级管理、分区管控。即使这样，管护员们每月还是会巡山 20 多次，他们不放过林区的每个角落，一边观察巡护，一边捡拾垃圾。

“我手机上的视频就来自山顶的实时监控，如果林场遭到破坏，视频监控系统会自动报警。”切群加说。

西下的阳光，铺洒在纵向蜿蜒和横向起伏的山峦上，构成了一明一暗的曲线空间。乔木、灌丛、野花、青草按照自身的习性，安其位，守其分，尽其所能地吸收阳光雨露。护林员们没有节假日，他们无惧冰霜雪冻，经受着风雨雷电的洗礼，一个人常年行走在山里，这里的一草一木，都成了他们的好伙伴。在这场保护生态环境、捍卫美丽家园的持久战中，有被盗猎分子差点夺去生命的切群加，有像才让当周一样默默付出的护林员们，还有一支民间生态环境保护队伍。

保护青海的源头活水，成就了青海，改变着中国，影响着世界。

河北乡依靠秀丽的生态环境，已经在试吃生态饭。

我们在美丽的阿什杂山上看到了精灵般的白唇鹿。白唇鹿在灵敏地舔食着护林员手掌上的盐碱，黑牦牛在青草流水间哞叫。格什格村建立的生态畜牧业专业合作社，不仅拓宽了牧民增收的渠道，而且探索出了一条现代生态畜牧业发展的新路子，成为“镶嵌在黄河臂弯里的小康示范村”。在赛若村牧人民俗商贸有限公司院内，人们正在加工藏式背包、坐垫、靠背、毛毡等传统生活用品，他们把平凡的日子，打理成了草原的诗行。

青石小路通向绿色的山谷，七色花海上的木质小屋、白色的帐篷，是河北乡旅游业的特色所在。

2020 年 3 月 18 日，国家林业和草原局授予青海同德石藏丹霞国家地质公园“国家地质公园”称号，至此，青海省正式命名的国家地质公园增至 11 处。

高原丹霞地貌气势恢宏，与冰川遗迹、黄河峡谷融为一体。崖壁、峡谷、雪山与高原牧场、人文景观共同构成了和谐的画卷。

草原不留任何痕迹，但我已经走过，我闻到了迷人的花香、果香、药草香，听到了虫鸣鸟啁、泉淌水响。

同德县的各族儿女携手互助，多元文化在这里并存融合，正在谱写青海新时代的故事。

万紫千红开遍

简默

在塔尔寺大金瓦殿的一个角落，隔着一人多高的橱窗，我第一次被酥油花劈面惊艳了。

这情形像从林芝一路到拉萨，参观西藏博物馆，隔着一人多高的橱窗，我第一次与在脑中勾勒了无数遍的唐卡邂逅了。我贴近冰凉的玻璃，久久地凝视着它，仿佛要透过它传神的眉目进入它慈悲安详的内心。

那一次，我也被劈面惊艳了，因为一幅绿度母唐卡。

以后在青藏高原其他格鲁派寺院，我再见酥油花，总不如第一次在塔尔寺观看时印象深刻。它们就像藏北高原上听见些许风吹草动一掠飞过的藏羚羊，撇下一线闪电似的影子让我独自惆怅，我甚至想不起曾在哪儿看见过它们。

这大概是因为第一次在塔尔寺看到的酥油花带给我难以名状的感动和震颤，也因为那些寺院供奉的酥油花都是单个的佛像，点缀以各种花卉、树木、鸟兽等。而塔尔寺的酥油花，在有限的空间里，将几十个取材于历

▲ 塔尔寺佛塔

史和佛经的故事情节，像一部连环画，一一连续立体地呈现出来，形成了世上最美、最震撼人心的“花”。

没喝过酥油茶不算到过藏区。酥油茶与酥油花本是同根生，酥油是藏族同胞每日不可割舍的脂肪类食物，它是用牦牛奶经过反复搅拌后提炼而来的。每年秋天牧草枯黄后提炼出的酥油，最为纯白如玉，人们用它捏塑的佛像面似满月，肤色白皙。

此时的青藏高原百花凋零，逐渐被冰雪覆盖。习惯了以鲜花供奉神佛的藏族信众们，自然而然地选择了可塑性极好的酥油来捏塑花朵。他们将自己朝夕不离的口腹之物，用自己一颗虔诚之心开成一朵花，供奉给神佛，酥油花便应运绽放了。

在塔尔寺，酥油花的制作已经形成一套完整的体系。其中，最为重要的是上、下两个花院的设置，这也是酥油花历经数百年不衰、一“花”独秀于藏区各寺院的关键所在。上、下两个花院平等独立，没有隶属关系，艺僧根据出家前的籍贯分别进入不同的花院。每年农历十月，两个花院开始构思并确定本院当年的制作主题和内容，之后艺僧们便在负总责——掌尺的部署下，各自分工进入制作阶段。在整个过程中，两个花院出于相互竞争、比试的原因，各自的制作内容都严格保密。即使是同一僧舍的两位艺僧，如果他们分别属于不同的花院，也不能向对方透露制作内容。直到第二年正月十五晚上酥油花会时，两个花院才将各自制作的酥油花作品“请”出作坊，分别在辩经院的南面和东北面展出，接受僧俗信众瞻仰膜拜。至此，两台由分属于不同师承关系的两个花院各自制作的作品，在雪藏了近三个月后，终于展现出了“庐山真面目”。僧俗信众排队次第走过酥油花架，观赏点评，两个花院的艺僧之间也互相认真观摩对方作品，取长补短，开始在头脑中准备明年的作品。这种竞争机制的设立激发了艺僧们的积极性和创作潜力，使每一年的酥油花会都充满了悬念和期待，呈现出常展常新的势头。

扎西迎面向我走来。扎西是上花院的艺僧，他九岁来到塔尔寺出家，十四岁跟随师傅学习制作酥油花。和画唐卡一样，制作酥油花靠的是师傅带徒弟，口手相传。扎西被选拔出来后，先跟随师傅学习藏传佛教工巧明中的《造像量度经》《比例学》《色彩学》等，这些是学习唐卡、酥油花等艺术的基础课程。半年左右之后，他表现出对制作酥油花的浓厚兴趣，就选择了酥油花，从此一辈子与它结下了不解之缘。

因为酥油熔点低，十五摄氏度会变形，二十五摄氏度就会融化，故而每年只有农历十月中旬到次年正月十五这几个月的时间才能学习制作酥油花。制作酥油花的作坊室温在零摄氏度左右，为防止阳光照射进来，还要挂起厚布帘遮住门窗。作坊内冷如冰窖，站上一会儿便觉浑身冰凉，伸不开手。师傅带着扎西已经在作坊内

工作一上午了，他边制作着作品边指点着身边的扎西，扎西也边看师傅制作边动手练习。在他们身旁，各放着两个盆，一个盆盛着冰凉的冷水，另一个盆盛的是掺着豌豆粉的热水。在制作过程中，当师傅手上的温度引起作品表面的酥油开始融化时，他就将手浸入冷水中降温，以保证作品造型的完整；而当手上沾染了过多的酥油颜料时，他则将手探入热水中清洗，以保持手的干净。扎西学着师傅浸入冷水又探入热水，在这一冷一热之间，他的手起了反应，那就是痒的感觉，仿佛有千万条毛毛虫在啃噬着他的双手。他皱皱眉头，不敢出声，胆怯地瞥一眼师傅，他第一次惊讶地发现，师傅几乎冻僵的手指红彤彤的，那些手指连着心哪，它们无一例外地变形了，关节肿大。那一刻，他似懂非懂地知道一件件美妙绝伦的酥油花作品，是如何在眼前这双手上灿然绽放芳华的。渐渐地，师傅制作的佛像只剩脸部了。脸有五官，传情传神，因此是最难塑造的。最关键的制作阶段已经到来，天气也进入了一年之中最冷的时候，盆里的冷水结冰了。师傅站在佛像前，靠着双手一点一点地塑造和打磨着，任何一个小小的细节都不放过，也都不马虎。作坊里太冷了，扎西被冻感冒了，他实在受不了了，借故跑到隔壁房间烤火去了，他冻麻木的手经火一烤，知觉恢复了，钻心地疼。他不敢久待，很快便回到师傅身边，这空儿师傅已经完成了最后一个细节，正虔诚地瞻仰着佛像。佛像法相庄严，面目含情。扎西为错过最后的细节而懊悔，他在心里盘算了一下，师傅为塑造这一张脸，已经花掉了三天时间。

那时没有手机，照相机也很稀罕，无法拍下师傅的制作过程，扎西只能边看边学，在掌握制作基础后，师傅开始让他参与一些辅助工作。他花三年时间学会了制作“骨架”上的图案；又用差不多五年的时间学习制作亭台楼阁、花鸟鱼虫等背景造型；而学习制作人物，则耗费了他十多年的光阴，至此他终于成了一名合格的酥油花艺僧。

在这二十年里，扎西眼睁睁地看着师傅一天一天地老了，严重的关节炎和胃病折磨着他，让他行动不便，不得安生。师傅不能制作酥油花了，他要靠着扎西养老了。扎西做了师傅，带起了徒弟，年复一年，在阴冷的作坊里，制作上花院一台台作品，与下花院的同行们一起争奇斗艳。当他作为掌尺，满面严肃，在诵经声中为酥油花作品中的佛像“开眼”时，他满怀虔诚，身心安详，小心翼翼地为佛像嵌入眼仁。他终于明白了，制作酥油花是一种修行法门，值得他一生怀着一颗虔诚之心，边制作边修行。这时任何肉体上的折磨和疼痛，在充实深邃的灵魂面前，都变得无足轻重了。

当然，他带的徒弟中也有人吃不了这冰与火煎熬的苦，受不了这疼痛与贫穷交织的罪，眼热唐卡带来的巨大经济利益，而改学画唐卡了。对此他总是顺其自然，制作酥油花是修行，画唐卡同样是修行，又何必一味强求呢?他坚信，制作酥油花这门技艺就像大金瓦殿旁那棵菩提树，一年绿比一年，也必将一代又一代地传承下去。

现在有了空调，只要控制住作坊内的温度，便可随时制作和展示酥油花作品。而在过去，展出后的酥油花作品在当夜天亮之前，必须全部焚毁，以示昙花一现的结束。我理解这就像坛城沙画绘制完毕后，刚刚创造了它的艺僧们，不等转身又毫不犹豫地摧毁了它，体现的是世事的无常和空性。

艺僧们用指尖创造的春天生机盎然，梦想摇曳多姿，鲜花舒卷开合，绿叶脉络清晰，山河曲折回荡，半亩花田次第缓缓铺展……

飘荡而来的哈达

夏连琪

哈达，是藏族、蒙古族同胞献给宾客珍贵的礼物。

然而，地球的第三极也捧出了她的巨幅哈达，呈献给祖国母亲，呈献给世界大地。这三条巨幅哈达便是长江、黄河、澜沧江。

在不同的季节，它们变换着迷人的色彩。

这是洁白的哈达。

当冰川、雪峰倒映到河流中，它的容光一片洁白。冰川，世界屋脊最壮观的景观之一，除地球上的南极和北极以外，这个被称为第三极的地方拥有丰富的冰川。冰川冰最初形成时是乳白色的，经过漫长的岁月，冰川冰变得更加致密坚硬，里面的气泡也逐渐减少，慢慢地变成晶莹剔透的水晶一样的老冰川冰。正是这些磅礴的冰川，孕育出了众多的河流。

那些高高耸立的雪峰，宛如一位位饱经沧桑的老人。他们静静地看着雄伟的长江、黄河、澜沧江从自己的脚下流过。

这是蔚蓝的哈达。

蔚蓝色，是河流的本色。为什么说它们的颜色是蔚蓝的？这是因为它们头顶的天空是蔚蓝的。一疙瘩一疙瘩的白云似乎要掉下来，掉在河面上。这就是迷人的“青海蓝”。三江源的天空是最蓝的，三江源的空气是最清新的，到三江源呼吸新鲜空气是人们的向往。还有，当柔和的晨曦笼罩在三江源，眼前只有一片蔚蓝色。

在所有的色彩中，我最喜欢蔚蓝色。因为，蔚蓝色象征着宁静。这个世界真的太喧嚣、太热闹了，人类太需要小憩一下、安静一刻。到三江源来吧，看一看头顶的天空，这里的天空一尘不染，夜晚的星空也隐藏着琢磨不透的哲理；再听一听河流的声音，那是大自然与人类心灵的对话。

这是碧绿的哈达。

碧绿是三江源的底色：绿的树、绿的草、绿的歌谣、绿的河流。我欣赏青海云杉，它们伟岸的身躯遍布高原大地，一株挨着一株，犹如一面面绿色的旗帜，犹如一排排绿色的长城，守护着“中华水塔”。它们那细细的、碧绿的针叶，挑着露珠，挑着一颗颗灿烂的太阳。

我还欣赏沙棘、红柳，它们是高原上的生态卫士，它们善于扎根，善于吸取水分和养料，在这里随遇而安。远远望去，这里的绿色连接着蓝天。

我也欣赏碧绿的草原。这自古以来就横亘在大地上的茫茫草原，承载着牧民的生计与希望。然而草原出现了退化的迹象，人们便千方百计地培育着绿色，黑土滩变成了金草原。绿色，一直在三江源延伸。草原犹如无边无际的碧绿的海洋，绿色在这里惬意地荡漾，绿色在这里欢快地流淌。

这是多彩的哈达。

三江源的色调是五彩斑斓的。人们早先在杂多县昂赛乡拍摄到雪豹，后来接二连三地拍摄到雪豹，雪豹成了这里的明星。雪豹的身体是美观的，它的幼崽尤其可爱。黑颈鹤，被称为青海省省鸟，它长长的脖子是黑色的，也许这就是黑颈鹤名称的来历。黑颈鹤在湿地里高昂着头，从容地迈着步子，心中一定充满了自豪感。斑头雁成群地飞翔着，它们的头顶有几道美丽的斑

▲ 三江源地区花海

▲ 青海省省鸟黑颈鹤

纹。藏羚羊，这高原的精灵，它们在广袤的草地上自由奔跑，尽情享受高原的阳光。我在去黄河上源约古宗列曲的途中，陆续看到了六拨奔跑的藏野驴。这些倔强的藏野驴最喜欢跟汽车赛跑，我们只好放慢速度，让藏野驴扬扬得意地过去。

三江源是高寒生物种质资源库，它的色彩是绚丽的，大江大河的色彩因此也变得绚丽了。

这是飘荡在珍珠玛瑙堆里的哈达。

三条巨大河流，也孕育出无数的珍珠和玛瑙。一条清澈的河流流过隆宝滩，数不清的水池子犹如明亮的眼睛，或者是闪烁的星星。仙女湖则像一块蓝宝石，一群群鸟儿在这里盘旋飞翔，太阳出来的时候，一些鸟儿还在草滩上晒太阳呢。扎陵湖、鄂陵湖的碧波又浮现在我的脑海，一湖的碧水流到另一个湖里去，它们是姐妹还是恋人？卓乃湖和太阳湖太神秘了，这里的水草并不十分丰茂，可数万只藏羚羊千里跋涉来到卓乃湖和太阳湖畔产崽，等幼崽能行走了，母羚会带着幼崽回家。这里到底有什么密码？玛可河林场、麦秀林场的涛声回响在我的脑际，青藏高原珍贵的森林刷新了人们对高原的认知。

这一串串珍珠、一串串玛瑙镶嵌在大江大河两岸，使美丽的哈达光彩夺目。

这是金色的哈达。

崭新的太阳照耀在三江源头，巨大的河流变成金色的哈达。三江源国家公园早已成为一颗耀眼的明珠，它使古老的土地充满希望，充满光明。

新时代的朝阳在这里升起，长江、黄河、澜沧江身披霞光，熠熠生辉。金色的哈达，向着未来飘荡而去。

神驰在天路上

田管宁

在离天最近的地方，在伸手可采云朵的地方，一道凝固的长虹，贴伏在湛蓝如洗的天空下，蜿蜒逶迤，奔向远方。那长长的优美的曲线，绵延起伏，时而镶嵌在苍茫的群峦里，时而悬浮在无垠的草原上，时而置身湖畔的“油画”中，时而隐现于冻土地带的狂风暴雪里。它就是高原的生命线——青藏铁路，一条雪域长龙。

“坐上了火车去拉萨，去看那神奇的布达拉”，旋律优美明快的《坐上火车去拉萨》，让多少人对雪域高原心驰神往：去看看三江源，去体味没有一丝杂质的纯净，去洗涤心灵，去净化灵魂。多想在风华正茂、意气风发之年，来一场说走就走的西部之旅，可因时间和精力有限，一直

未能成行。当《青藏铁路》《天路故事》《国家记忆之修筑青藏铁路》……一部部纪录片映入我的眼眸，使我身临其境时，我的思绪已飞上了高原，“登上”了开往诗与远方的列车，随着纪录片的镜头走进了世界屋脊，在奔驰的长龙里，惊喜地望向“窗外”。

窗外的风景迅速地后退着，最终封存在我的记忆中。长龙载着我，溯格尔木河而上，我欲穿行于青藏铁路的“格拉段”。窗外的空寂与广袤，让人怀疑是否置身于火星之地。一路上，青藏公路相伴相随，不离不弃，铁路与公路在高原体内奔涌循环，成为高原交通的两大动脉。此刻，万山之祖、绵延起伏的昆仑山就在眼前，我在海拔 4000 多米的青藏铁路玉珠峰站和望昆站，遥望玉虚峰、玉珠峰以及座座雪山，它们于纯洁的碧空下，排列耸立

▲ 青藏铁路上飞驰的列车

着，山巅的终年积雪是它们献给路过的每位旅客的洁白哈达。

在人们心中，巍巍昆仑山既神秘又神圣，空气里弥漫着西王母的神话传说，弥漫着嫦娥奔月、女娲补天的传说。昆仑山，连神仙都向往，况乎人类？然而，神话归神话，人们不愿意打破“真相”，或许是为了通过神话传说来寻求一份精神寄托，也或许是因为人们并不想打扰这里的宁静。即便修了铁路与公路，对于昆仑山而言，人类也只是借路而行。穿越苍茫昆仑山的青藏铁路，意味着人们在这座神山上，树起了一座技术与精神的新高峰。还记得吗，美国旅行家保罗·索鲁在《游历中国》一书中这样写道：“有昆仑山脉在，铁路就永远到不了拉萨。”瑞士的隧道工程师来到昆仑山后，也断言：“穿越昆仑山的岩石和坚冰根本不可能。”然而，中国人做到了。青藏铁路以神龙腾飞的姿态，穿越冻土，创造了多项世界之最。

继续向西向南飞驰，心中的浮躁渐渐退去，列车驶过世界上最长的高原冻土铁路桥——清水河特大桥后，就见一条红色的河流飘带般出现在眼前，此刻已进入长江源区，它是楚玛尔河。吸引我目光的是长 2565 米的楚玛尔河特大桥下的 78 个桥孔，原来这是一个个生命通道。一群群藏羚羊每年 5 月到 8 月，从通道经过，踏上长长的迁徙之路，去向它们的大产房——卓乃湖、可可西里湖、太阳湖附近生产，然后再带着幼崽长途跋涉返回。全长 1956 千米的青藏线，有 33 处不同形式的生命通道，每个生命通道都是一条生态长廊。列车进入野生动物活动频繁的区域时，会减速，不鸣笛，会最大限度地不去惊扰高原精灵们，让原本的宁静长长久久地维系着。为了这份守护，当年在建设青藏铁路期间，在海拔 4000 多米的五道梁，为了给藏羚羊迁徙让路，工程全面停工，以确保这些高原生灵顺利通过。此举应是人与自然和谐共生的最生动的诠释了吧。

楚玛尔河站站房的造型模仿的是藏羚羊。站台上还有藏羚羊雕塑，它温情地目送着列车里来来往往的过客。没错，藏羚羊是这里的主人，我们才是过客。

▲ 昆仑山落日

从昆仑山口到唐古拉山，青藏铁路有三分之一穿行于可可西里。可可西里，是中国最大的无人区。它的美在于它的独特，更在于它无可比拟的自然原真性。皑皑白雪、高原草甸是它的容颜，夏季紧紧贴于地面的、惊艳而绝美的各色花朵是它的鬓饰。在这里，随处可见的藏羚羊、野牦牛、藏野驴等动物，在铁路两侧悠闲地觅食、嬉戏，即便列车驶过，它们依然熟视无睹，毫无惊慌之举。如今，可可西里不再有枪声，无数位"索南达杰"在守护着这片土地。

一声呼啸，列车进入了世界上海拔最高的永久冻土铁路隧道——风火山隧道。隧道洞身全部位于冻土、冻岩中，地质岩层复杂。为突破高原冻土技术难关，三代科技人员进行了45年连续不断的观察和研究。而青藏铁路建设者们通过一系列先进的工艺，克服了重重困难，成功破解了高原冻土施工难题。风火山隧道只是一个缩影。另有昆仑山隧道、羊八井1号隧道等多个或大或小的隧道，它们大多处于常年冻土、高寒缺氧的环境之中，多少建设者为此付出了艰辛的劳动，挑战生命极限，创造了世界奇迹。我想，火车的每次鸣笛都是在向建设者们致敬吧。

呼啸着，列车再次驶上一座大桥。桥下，一座座桥墩坚定地伫立在河水之中，长江源头纪念碑映入眼帘，原来这里是长江第一铁路桥——长江源特大桥。不远处，有沱沱河公路桥与之并行，它们终年相伴。沱沱河站设计有玻璃暖廊和观景平台。到达此地的旅客，可以在海拔4000多米的高原极目远眺：平坦开阔的河面泛着金色的粼粼波光，蔚蓝色的天空一尘不染，远处群峦起伏、雪峰绵亘。

唐古拉站，我终于来到你面前，来到了世界上海拔最高的铁路车站。车站站房如展翅翱翔的雪域雄鹰，远处雪山雄伟绵延，冰峰排列。此刻阳光普照，明亮的光线洒落在山川与草地上，朵朵白云仿佛就在头顶，两道铁轨横亘其间，仿佛一幅静谧的山水画卷。这不禁让人产生错觉，难道真的到了仙界？然而，含氧量只有平原一半的稀薄空气，即便盛夏也不过 10℃的气温，都提醒着我，这里是生命禁区。唐古拉山，藏语意为“高原上的山”，蒙古语的意思是“鹰飞不过去的地方”。然而，从古至今却有许多顽强的生命从这里“飞过”，在这片荒凉中，留下了生命的足迹和文化的印痕，像冰峰那样无法撼动。

1300 多年前，有一位美丽的姑娘从西安出发，带着送亲的队伍，经唐古拉山口进入西藏。这条起自西安、西至拉萨的古道就是著名的唐蕃古道，它与“茶马古道”“丝绸之路”齐名，而这位姑娘就是文成公主。长路漫漫，公主走一路，将文化传播一路，成为汉藏文化交流融合的使者。唐蕃古道是我国古代中原去往青海、西藏乃至尼泊尔和印度的重要通路。岁月虽已远去，但汉藏两族团结友好的历史不曾远去，在历史的长河中，甚至在未来，都会一直熠熠生辉。

▲ 散落在青藏铁路沿线的藏羚羊

列车翻越唐古拉山，开始进入美丽的藏北草原。在水草丰美的羌塘草原，大量野牦牛、藏野驴、藏羚羊散落其间，它们装点了草原。错那湖中成群的水鸟或觅食，或停在湖边梳理美丽的羽毛，水中蓝天白云的倒影泛起层层涟漪，动中有静，静中有梦。

那曲站是青藏铁路沿线较大的一站。每年夏末初秋，盛大的那曲赛马节就在那曲镇镇郊举办，可谓热闹非凡。每至此时，牧民身着艳丽的服装，姑娘们佩戴着珠宝首饰，英姿勃发的骑手与盛装的赛马一同疾驰于广阔的天地之间。

窗外，念青唐古拉山的目光一直跟随着列车，目送着我。羊八井温泉的白雾弥漫着，让人如醉如痴，如入仙境。列车驶上拉萨河特大桥，穿过柳梧隧道，背倚群山的拉萨火车站，如一朵盛开的雪莲，来到面前。

神奇的天路，你是天边的一道长虹，高原上的一条卧龙，你带着万千旅客，穿昆仑、越草原、过戈壁，在雪山与荒野间蜿蜒穿梭，不知疲倦。你是

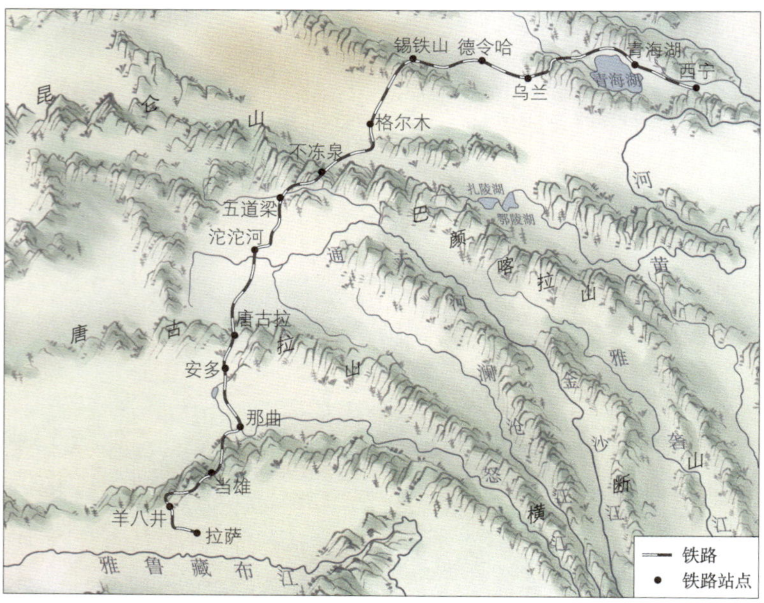

▲ 青藏铁路路线图

西部大开发的标志性工程，你的落成，加快了青藏两省区的经济发展，增进了民族团结，造福了各族人民。

“那是一条神奇的天路，把人间的温暖送到边疆，从此山不再高路不再漫长，各族儿女欢聚一堂……”一曲《天路》，唱出了人们的心声。一条天路，圆了新中国老一辈领导人的夙愿，圆了全国各族人民的长久期盼，这是几代建设者接续奋斗结出的硕果，是数万建设大军用汗水与热血铸成的钢铁长城。

青藏铁路饱含着建设者挑战极限、顽强奋斗的精神。我们从这种精神中解读到爱国主义的高尚情操，创新拼搏的青藏铁路精神。

玛多行

李生和

三十年前，我去过一趟玛多。虽然时间已经很遥远了，但脑子里的记忆却如泉水般清晰。

那是一个六月的星期六中午，学校放假了，我在回家的山路上，遇到本村的同龄人庆达富。庆达富瘦瘦的，下巴尖尖的，自从小学毕业后，我们再没有见过面。这次偶遇，我见他口才很好。他说，他是从玛多金场过来置办伙食的。我好奇地问他金场的情景。

“白天蘑菇般的帐篷犹如白云下凡，”他的语速很快，“白茫茫地铺满了大得无边的戈壁滩，人好像在云里雾里游。晚上蜡烛、灯盏一点上，红彤彤的好似火海。西宁城算个啥？入场的沙娃们不洗脸，这是挖金子的规矩，据说洗脸会洗去财气。翻开草皮，挖去不厚的一层沙子，就会出现红胶泥，金子就在胶泥里面。沙娃们都成了红胶泥裹成的红柱柱，脸又脏又黑。硕大的戈壁滩上人头攒动，热闹至极。运气好的话，一铁锨下去就能挖出工人一年的工资。”

我天生就不安分，总是容易被新奇的事物所蛊惑。历险是我的本能，也是本分的日子里的一点儿作料。我盼望着暑假快些到来，好去一趟玛多挖一回金子，看一看黄河源的风采。

学校终于放暑假了，我从父亲那里拿了二百块钱，拉着同村的一个叫桂言禄的高中生一同前往玛多。我们到西宁汽车客运站后，得知到玛多的班车三天后才发车。于是，我们坐短途班车到海南州住了一夜。第二天，我们运气不错，遇到一辆去玛多卖蔬菜的车，讲好车费后，就和其他几个金客一同上了“塔拉”（塔拉，蒙古语的意思是草原）。

对于草原，我原本是不陌生的。读小学时，我姐姐远嫁口外。那年腊月我去送她时，乘坐的解放牌敞篷汽车吃力地爬上日月山，又一个空当儿飞到倒淌河。展现在眼前的那博大的草原使我吃惊，而白茫茫一片的青海湖又使我心生幻觉，此时我方知世界不是一个山沟沟那么大。世界之大，超出了一个孩子的想象，打破了一个孩子封闭的思想。倒淌河、黑马河的传说使我对青海的美丽博大有了初步的认知。汽车行至橡皮山，爬得更慢了。到了此处，我又惊奇地发现橡皮山原来不是橡皮做的。

原本以为青海湖周围的草原很大，可与后来走过的野马滩、野牛滩、柴达木盆地、乌图美仁的草原比起来真是小巫见大巫。人在一望无垠的草原上极目远眺，感觉围着草原的群山恍恍惚惚如在半空。要说日月山、橡皮山高耸入云的话，那么祁连山、昆仑山已经直达天际了。那些巉岩断壁、高峰怪石，时而清晰地跳到眼前，时而又神秘地躲到云雾里，犹如泼墨山水图。冬眠的旱獭做着变成蝴蝶的梦，棕熊惦记着来年甜甜的蜂蜜，空中的鹰隼翱翔于天宇，而鸽子在自言自语，悠悠的白云载着我的思绪飘向远方……

记得很小的时候，老师说，黄河的水是黄色的，黄河是大禹治水时挖的一条大沟，是中国的母亲河；长江流域四季如春，是高粱、大豆、大米的故乡，到此便没了下文。懵懂中的我委实弄不懂黄河与母亲有啥关系，

▲ 河南焦作黄河北岸麦地

高粱是一种啥样的粮食。于是，黄河是母亲河，南方只有春天，高粱长什么样，折磨了我好长一段时间。殊不知那时的山区教育是多么落后，落后到一些小学的知识我到了中学、大学方才学会。譬如汉语拼音，我是到了大学后用了一个星期才掌握的，遗憾的是，好多发音始终无法纠正。

还好，由于说的人多，黄河的形象在我童年的记忆中比较立体。比如八月十五到贵德驮梨，就是一大美事。“天下黄河贵德清”，贵德沾了黄河的光，是个十分了得的瓜果之乡。但这与老师说的黄河的水是黄色的又对不上了。

如今，我们乘坐的汽车比之前的先进了许多。汽车拐过河卡镇，越过清水河，再过花石峡，颠簸到了玛多。下车后，我们一人吃了一碗八毛钱的面片。后晌时，我们在一处小山口遇上了“黄金队”，他们的脸黝黑发亮。交了入场的草皮费后，我们一行人在半夜时分到了玛多金场。

我和桂言禄打开行李，露天过了一夜。第二天，我俩费了好大劲在茫茫人海中找到了乡亲，挤在了他们的帐篷里。

一眼望去，草原辽阔无边，但被淘金热带来的沙娃们挖得遍体鳞伤。这里到处坑坑洼洼，遍地都是石堆堆。如果走路不小心，就容易掉进废弃的金坑里。金坑里面集满了污水，人掉进去就如同进了沼泽，是会要命的。整个草原被糟蹋得千疮百孔，一片狼藉。

那时候，我虽然是一个大学生，却不知自己已站在了黄河的源头，不知这就是中华水塔的所在地，怪不得这里到处都是水。

挖金子的日子不但苦，而且要冒生命危险。我和桂言禄淘来了一整套淘金工具，身上的钱也花得只剩下饭钱了。此刻，我才体会到“在家千日好，出门事事难”的滋味。可喜的是，我们只挖了两三天，就有人来收金子。我们卖了四百多元，既吃惊又高兴。十几天后，我们有幸跟着淘金队到了扎陵湖和鄂陵湖。湖水如同仙女的眼睛，清澈而明亮。不过，这里也被破坏得不成样子了，我的心里甚是憋屈。

如今，三江源经过综合治理和保护，生态环境已经得到大幅改善：草原翠碧、候鸟归来、麋鹿欢腾、狐兔起舞、鸟语花香，一派欣欣向荣的景象。这才是中华水塔应该有的样子。

“花儿”为什么这样红

程百崧

春天来了，花儿开了。

碧空如洗的蓝天下，草原涌动着绿涛。身着民族盛装的人们，从四面八方聚集而来，宁静的山野沸腾了，好一片欢乐的海洋，好一个五彩缤纷的世界。又一年“青海花儿会”的大幕，在春风中徐徐拉开。听，对歌赛开始了——

天下黄河十八道弯
弯弯里都有浪儿翻
家乡的花儿成千万
河湟上下你来看
随口儿漫
端唱个美好的春天

在青海，当你忽然听到一曲高亢悠远、洒脱嘹亮的歌声在原野中响起，在山谷间回荡时，你是否有一种心潮澎湃的感觉。那歌声带有浓郁的高原韵味，仿佛穿透空间与时间，从雪山之巅飞来。它就是青海的“花儿”。“花儿”也叫“少年”，是流行于甘肃、宁夏、青海等地的一种山歌。

有人说，“花儿”是大西北的灵魂。是的，作为国家级非物质文化遗产，“花儿”给高原人的生活带来了生机与活力。“花儿会”不仅是一场艺术盛宴，更是高原的狂欢节。“花儿”被高原上的人们刻在了骨子里，融进了血液中。

“花儿”为什么这样“红”？为什么几百年来嘹亮至今？

“花儿”的绽放，源于地方艺术的滋养。

在青海，“花儿”开遍了山川，开遍了原野。这里人人皆是歌手，个个都是创作者。“花儿”带着鲜明的民族特色，表达了人们对美好生活的向往。“花儿”是三江源绵绵不绝的源头活水，在各民族间流淌，在阳光下闪动着粼粼的波光。走近“花儿”，你便会爱上它。听，是谁在溯本求源，又拉开了唱腔——

水也亲来山也亲
千山万水都有魂
花儿是那心上的话
唱起花儿要寻根
谁把花儿留给了我们

“花儿”的芳香，源于“花儿”丰富的内容。

“花儿”种类多、题材广，歌词浩瀚如海，曲令繁多如星，内涵丰富深邃。它从生活的方方面面、人生百态、世事的沧桑变化中，汲取营养。“花儿”的风格极为多样，或婉约、或奔放、或缠绵、或粗犷、或诙谐、或夸张，俗也罢、雅也罢，听后都会绕梁三日，不绝于耳，回味绵长。要说百花园中，哪朵最艳，非“爱情之花”莫属了。爱情是“花儿”永恒的主题！“花儿”不仅是一首首悠扬的山歌，更是西北人民独特而美好的交流方式。“花儿”里有人生，“花儿”里有故事，“花儿”里有人们对未来的向往。青年男女间的情歌对唱，热烈质朴、率真直白，散发着独特的高原风韵——

登上个高山望草原哩
望见尕妹子站门前哩
活像是盛开的牡丹哩
阿哥要采一个带回哩

“花儿”娇艳，需要“护花使者”精心呵护。

谁是护花使者？当然是一批又一批“花儿”的研究者。他们搜集、整理、出版了许多关于“花儿”的研究成果。还有一群人，他们以更直接的方式传播着“花儿”，他们就是“花儿”的演唱者。舞台上、乡野间，他们走到哪里，“花儿”就开在哪里。“花儿”是艺苑中的一朵奇葩，扎根在西北高原，飘香在祖国大江南北。听，又一曲大地飞歌传来——

马套个鞍子跑得远
大川里
拉我到美丽的草原
六月的会上花儿艳
人伙里
好不过英俊的少年

西北风携带着花香，歌声就似天上的太阳，温暖了人们的心房，漫山遍野是欢乐的海洋。每年，“花儿会”都是辛勤劳作的人们的盛会，他们以歌会友，以歌传情，用歌声唱响心中的向往。歌声在山川回荡，歌声在天空飘扬。“花儿”的调儿漫得风也甜，梦也香。

走近“花儿”，你是否会有一种似曾相识的感觉。其实，它像极了我国最早的诗歌总集《诗经》。那些质朴的来自民间的生活画面，通过诗歌的形式表达了出来。细细品味一番吧，真切的、自然的、直白的、简单的，这些遍野知名或是不知名的小花，不因无人而不芳。它们不掩饰、不矫揉造作，虽历雨雪、沐寒风，依然在高原执着地绽放。

在三江源，从雪山中流淌出的涓涓细流，创造了绚烂的生命奇迹，哺育

▲ 青海门源百里油菜花海

了灿烂的中华文明。当嘛呢石被刻上信念与希望，当五彩经幡满载着祈愿随风舞动，这里已不仅仅是动植物的天堂，更是悠久灿烂的多民族文化的沃壤。何其有幸，人们在这里既能得见大自然最本真的容颜，又能感受非遗文化的魅力。

“花儿”同三江源的生物一样，有着极强的生命力。一辈又一辈的人不断地丰富着它的内容。希望有更多的人去关注“花儿”，爱护“花儿”，让“花儿”永不凋零，永远“红”下去。

让我们再次走向青海的古鄯之地，去感受明代官员高洪看到的场景：农忙时节，农民一边劳作，一边对唱着“花儿”，歌声飘飞、笑脸洋溢，消散了许多劳作的艰辛。歌声间隙，似乎听到了高洪的吟诵：“青柳垂丝夹野塘，农夫村女锄田忙。轻鞭一挥芳径去，漫闻花儿断续长。”

第三辑

青海抒怀

仰望玛多

葛文荣

我遥望天边，那里有玛多，黄河之水从那里来。

在星星海、扎陵湖、鄂陵湖、冬格措纳湖等明镜一般的湖泊漫延的地方，就是玛多。

巴颜喀拉山北麓、阿尼玛卿山以西的那片苍茫的黄河谷地就是玛多。

那里是一片能触动人的内心，能让人思考生命的荒原。

来到玛多，很多人都会有很严重的高原反应，但是仍有不少人前赴后继地来，只为一睹孕育中华文明的母亲河黄河的源头。“这是一条伟大的河！”这是一位外国人告诉我的。那一刻，熟视无睹的我才突然感觉到了黄河的伟大。因为世界上再没有第二条河像黄河一样，对一个民族具有如此强大的塑造力，更没有第二条河像黄河一样与一个民族的成长血脉相连，也没有一个民族像中华民族一样，对一条河流在精神上如此敬畏，如此眷恋。

因为这些，玛多是个来了就想走，走了又想来的地方——因为那里高峻得令人窒息，又因为那里有值得眷恋的黄河。

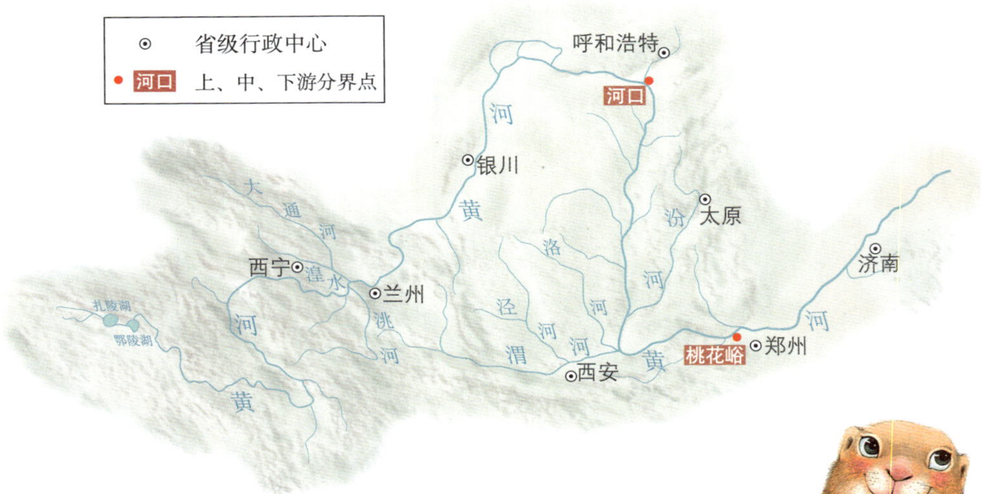

▲ 黄河流域图

感恩玛多

如果你想来玛多，就请先擎着你的心，然后一路膜拜而来，然后静静地去触摸这片土地，感受它给予你的神性的启迪。

巴颜喀拉山苍苍莽莽、连绵蜿蜒，向西有一块苍凉的土地，正是这片高天厚土孕育了伟大的黄河，所以这是一片孕育黄河的母性大地。母亲河从这里蹒跚迈步。这里的一切值得我们感恩和敬畏，所以走进玛多，我们人类必须要低下高傲的头颅，用匍匐的方式去膜拜，用胸膛去紧贴大地。那些漫散在荒原上的溪流，以婴儿般最原始的姿态蹒跚在草原上，向东穿过茫尕峡谷流进了星宿海。

哦，这个蹒跚的婴儿在草原上留下了晶莹闪烁的脚印，如梦如幻，把草原装扮得仿佛是铺满宝石水晶的天宫。我曾经在夜里经过这里，车到草原时就如打开了梦境之门。草原上有千万颗星星，也有千万个月亮在栖息，不，它们明明是在嬉戏，见有人来，它们一起闪烁起来。我啊，仿佛还听到了一片银铃般的笑声。

那漫散在草原上的溪流嬉戏够了后，就汇集成了扎曲、约古宗列曲和卡日曲，它们在星宿海又被玛曲接纳了，相携着向东流进了扎陵湖，继而又进入鄂陵湖。

两湖烟波浩渺，湖水清澈见底，一如青藏高原所有的湖泊一样，清冽中多了一份深邃和诱人的蓝色。鄂陵湖北部有一个出口，湖水由此流出，蜿蜒向东，流至距玛多县城不远的黄河沿，在此惜别玛多，绝尘而去。黄河从此进入青藏高原边缘的崇山峻岭，往返曲折，汹涌奔腾。当它汹涌咆哮着到达河套平原的河口镇时，海拔已经下降了 3000 多米。从此，它已是中国人民烂熟于心的黄河，是孕育了中华文明的黄河，是无数文人骚客亘古吟咏的黄河，是润泽了数十万平方千米大地的黄河。

我曾无数次地站在玛多县城西郊的黄河第一桥——倒邦公路桥上沉思。此桥，长不过数十米，宽不过十米，既没有南京长江大桥的雄伟，也没有兰州黄河铁桥的厚重。但是站在这座桥上，思忆遥迢，浮想联翩，因为你是在海拔 4000 多米的黄河源头上，幼儿般的黄河在你脚下乖巧、清澈地流动。此时的你啊，在这水清天阔、牧草萋萋的草原上无法收拢思绪，你甚至愿意自己是一个秉烛诵经的僧人，愿意就在这河边青灯黄卷度过一生。

黄河在这里既不雄浑也不汹涌，当人们怀着壮阔的心境而来时，黄河在这里的那份宁静让所有旅途劳顿的人们立即安静下来。在这一片静谧当中，黄河是那样乖巧和温顺，它简直就是一个拥有粉嫩肌肤的幼儿。河床宽度在十几米左右，河水清澈见底，泛着银光，无声无息地流淌着。婀娜的身姿在草原上流动，恰似一条献给草原的翠蓝色的哈达。婴儿阶段的黄河竟是这般美丽、这般宁静，无论如何都无法把它和陕西境内那汹涌澎湃、粗犷混浊、奔腾雄浑的黄河联系起来。而且草原更是一个天然野生动物园，在这里你可以看到与汽车赛跑的藏野驴，见到人就逃窜的黄羊群，在河滨湖畔戏水的黑颈鹤、赤麻鸭等 50 多种珍禽异兽。

玛多与神明

这里离天最近，这里居住着神明。所以，来到玛多就需要放下对尘世的眷恋，带着被浮华蒙蔽已久的灵魂，享受心灵逐渐安宁和祥和的过程。

这里没有灯红酒绿，这里远离现代文明的鼓噪，这里有的只是大片纯净的土地，还有挑战人类极限的高峻和寒冷。

这里地阔天高，这里是孕育英雄的土地，人们到处传唱着英雄的故事，在尘世中追寻英雄的足迹。所以，来玛多你要有一颗聆听的心：听那格萨尔历经千百年驰骋疆场的故事，听那山与水美丽而浪漫的故事，听那男女老少心中积蓄已久的故事，听那青稞酒和滚烫的奶茶酝酿的爱情故事，还要听这片大地的脉动和湖泊的吟唱，然后就着故事醉倒在夕阳西下的帐篷里……

传说是流淌在这里的另一条河，像黄河一样能滋养人的内心。这里的山山水水都被人们赋予了美好的故事，一草一木都带着灵性。

玛多，让人欣喜，让人牵挂，也让人心痛；让人向往，让人魂牵梦绕，也让人望而却步……

守　护

那萨

冬天的太阳像是得了斜视，斜斜地绕着山脉，绕着牛圈转圈。太阳从西山一落下，人们很快就迎来了夜幕，昼夜的更替没有留下更多间隙。

一头晚归的黑牦牛，喘着粗气，仿佛随时都会演绎一条大江从两个鼻孔奔涌而出的场景。它的牛角像画师笔下的黑丝带，线条优美流畅。作为一头体内流淌着野牦牛血脉的家牦牛，它长得比其他牦牛都壮硕。

它性情自由散漫，每次都是最后一个回圈。野性的血脉拽着它的尾巴迟迟不让它回圈，而早已被驯化的本能又牵着它的鼻子让它回圈，并灌输给它野外充满了危险和不确定性等信息。它回来了，将一天好吃好喝的草木和泉水都转换成暖烘烘的冒着热气的牛屎拉在怪状的乱石上，才慢悠悠地走进了牛圈。

怪状的牛粪就这样诞生了，被遗落在牛粪墙外面。很快寒风给牛粪软塌的身体安上了冰的骨头和山谷的耳朵，它拥有了风的触觉和虚空的听觉。

清晨里有脚步声向它走来。雍拉的脚步，时而细碎得像草木在接头说

▲ 野牦牛

话，时而重重得像是有一座山落在她的背上。最后触碰自己的是粗糙有力的手掌，雍拉把它从乱石里扒了出来。这怪状的棱角分明的东西，她看了一眼就扔进后背的背篓，让它与众多的牛粪堆在一起。雍拉给每块牛粪都安排了一个适当的位置，而这块怪状的牛粪长得像暴怒的冰碴儿或失控的岩石，放哪儿都不好固定。雍拉将它随手丢弃在一边，它仿佛成了不受人待见的东西。

雍拉很快把其他牛粪砌成了墙。这时山尖出现了一缕阳光，大地铺上了金黄的地毯。牦牛起身在牛圈里活动，一层尘雾向上散去。牛粪在温热的晨间听到了万物苏醒的声音，简单又自然。眼前出现了阳光和色彩，牛粪拥有了很多双眼睛：牛的眼睛、蚊虫的眼睛、花草的眼睛、飞鸟的眼睛、山的眼睛、野兽的眼睛、雨雪的眼睛、雷电的眼睛，还有江河的眼睛。

雍拉身穿黑色袍子，露出的右臂，衬衫袖口翻到了手肘，头上的彩色头巾也顺势裹着面孔，只有一双有些浮肿的黑眼睛露在外面。牛粪觉得自己跟众牛粪一起砌成墙，抱成团才是完整的、安全的，而现在自己被遗落在墙角，想到这些，它的胸口就有莫名的东西在扭动。

每天看到雍拉忙碌的身影，牛粪始终耷拉着脑袋想：“她这重复又无趣的劳作，有什么意思呢？”牛粪觉得雍拉活得不像个人，更像是山里的牧草，因为她只跟牛做伴。

牛粪墙越砌越长，雍拉的日子始终没有任何变化，只是用牛粪墙围成了一个大院子，留了很大的门。风雪和夜色都跟牛群一样，总是从大门往里挤。

方圆百里的牧场只有雍拉一人，她的家人都陆续搬到镇上去了。起初他们的计划是把牦牛都变卖掉，拿上钱，离开祖辈坚守的牧场。最后雍拉反悔了，她要守在自己唯一熟悉的山里，守着唯一熟悉的牛群，她愿意一个人守在山里，看护牦牛。家人拗不过她的坚持，同时也觉得一下子把牦牛都变卖掉就会失去可持续的维持生活的来源，就把她和一群牦牛留在了山里。

风雪一次次地覆盖牧场，雍拉的眼睛里只有白茫茫的天地。牛粪再一次看到色彩时，雍拉站在砌成各种图案的墙跟前，一个人傻傻地笑。牛粪瞧了一眼，并没有看到什么有趣的事情，只是墙面上出现了一些凹凸线条组成的奇怪图案。它觉得雍拉跟自己一样，一个人待久了多少有点怪里怪气。

后来，这里来了一些奇怪的人，他们看着这些奇怪的图案，说雍拉是天然的艺术家。他们拍照取景，还要让雍拉继续做个天然的艺术家。雍拉不好意思地低头微笑，说自己只是没事干就把自己熟悉的一些符号用牛粪砌出来了。

天气转暖，牛粪的身体变得酥软。寒风的离去仿佛抽走了它钢铁般的骨头，它的身体跟空谷似的，到处漏风。雍拉也摘下了头巾，她不仅有一双漂亮的黑眼睛，还有一张红彤彤的好看的面孔和一头乌黑的长发。偶尔雍拉也会嫌弃她的长发，说她的头发像黑牦牛的毛，又粗又硬。但她也只是说说而已，这不能给她带来任何困扰，不管她的头发长成什么样，没有一头牛会嫌弃，牛粪也不会，对它们来说美和丑没有分别。

牦牛只要走进牛圈，就围着她转，伸出扁平的鼻孔闻她，舔她的手和袍子。她给每头牦牛取了相当形象的名字，按习性的、按长相的、按毛色的、按个头的，什么都有。

牛粪每天守在墙角，暖融融的阳光使它的心里滋生出一种火热的渴望。它越来越喜欢“暖”这个东西，“暖”能使牛粪变得自在。天气越暖，它体内就有某种柔软的东西在生长，这种柔软的东西每天一点一滴地吸收着它的喜怒哀乐。

夜举着漫天灯盏，它捂着胸口看月亮，月亮清凉又好看。清风走过，留下远古的消息，说牛粪的胸口滋生着海洋。牛粪不知道海洋是何物，它的基因里没有海洋的记忆。牛粪问月亮。月亮说，海洋在从我胸口流出去的那条河昼夜不停地奔赴的地方。牛粪知道獐子河、孔雀河和牦牛河是三兄弟。牛粪自己生在孔雀河的源头，它知道一条奔流不息的江河意味着什么，可是海洋意味着什么它却没有任何经验。

山里的草绿了，花开了，杜鹃鸟叫了。牛粪觉得周围的世界变得不一样了，自己的内心美滋滋的，它开始不再羡慕砌在墙里的牛粪了。它们的耳朵被堵住，眼睛被蒙住，只剩下说话的嘴和呼吸的鼻子。每当微风经过，墙里的牛粪说：“你身上为什么越来越好闻？”说完，它们大口呼吸，像是没吃饱饭的孩子。牛粪也觉得自己身上散发出从没有过的幸福感。

没过多久，一株蒲公英从牛粪的胸口长了出来。又过了不久，一朵金黄色的花朵绽开了。牛粪如同在自己的眼前点燃了一颗巨大的太阳，它不敢直视蒲公英。蒲公英看到牛粪有些许难过。“我怎么会长在这里？我应该生在花海子，跟众多美丽的鲜花在一起。”看到牛粪不说话，“我不是嫌弃你的意思，只是我不知道我为什么会在这里。”蒲公英显得有些哀伤。牛粪没有说话，只是默默地把自己更深地扎在草地上，风来了它给蒲公英挡风，夜来了它给蒲公英提供热量。

夏天来了，雍拉把冬天砌的墙从门开始又往里拆。门越来越大，渐渐地牛圈又处在广阔的天地间了。在墙里躺了三季的牛粪，带着一身酥骨头，轻飘飘地落进一个个大麻袋。有的牛粪看到太阳的强光，想爬回去，爬到早已习惯又觉得舒适的黑暗里，可是身体太轻，脑袋太空，没办法爬回去，只好一个顶着另一个往前滚。

雍拉终于发现了墙角的不起眼的牛粪，带着朝圣者发现旧庙宇时的惊喜，她蹲在牛粪跟前。牛粪第一次闻到她的气味，那是一种牛奶、青草和汗味混杂的气味。“还有牛粪的味道，”蒲公英说，“淡淡的清香。”但牛粪自己闻不到。

雍拉笑眯眯地看着蒲公英，说它长得好，比长在外面草地上的更好。牛粪削尖脑袋往雍拉跟前凑，雍拉只是微笑着不说话。蒲公英第一次笑了，牛粪不知道该怎么形容此刻的心情，只觉得心里鼓鼓的，像是饱胀的皮球，轻轻一戳就会飘远或落地碎成幸福的渣子 。

牛粪在长久的风吹日晒下练就了一身硬壳，雨水再怎么样都不能渗进它的内部。只是自从蒲公英从胸口长出后，雨水动不动就从蒲公英留下的缝隙往里灌。蒲公英长得越来越高，有时候想给牛粪遮挡雨水，但它太弱小，什么也做不了。牛粪一看到蒲公英弱不禁风的样子，就想变得更强大。牛粪想到时间的易逝和相聚的短暂，自己像是被整个浸泡在雨水里。

雍拉把最后的干牛粪装进麻袋，冷风开始在蒲公英和牛粪周围回旋。蒲公英紧紧地把身体缩到牛粪怀里，有些伤感。“你温暖了我一生，”它的身体渐渐发白，“你也应该做温暖自己的事。”牛粪陷入了沉默，它曾经也有过燃烧自己的梦想，可是自从蒲公英长在胸口，守好蒲公英就是它的梦想，蒲公英的存在就是世间最珍贵的温暖。但它什么也没有说，只是紧紧地拥抱着蒲公英渐渐虚弱的身体。

雍拉守着自己的牛群，也守着四季更替。夜守着雍拉，也守着野外出没的熊、狼、豹和狐狸。偶尔雍拉也不确定，她一个人在这山谷里能坚守多久。以前雍拉常常向远处的路口看，可路口始终没出现过任何人，连风都不愿经过那儿，像是怕被雍拉的眼睛给囚禁。

蒲公英问牛粪，雍拉等的人为何还没来。牛粪说自己也不知道，它只知道那男子给雍拉唱了一首歌："我和我的骏马，绕过源头来看你……"可能他还在绕源头的路上吧。蒲公英有些恼怒地说："这是不可能的，我们就住在源头，他要绕哪条江的源头，都不可能这么久。"

牛粪安慰蒲公英说："只要有心一定可以等到，就像我等到了你。"

蒲公英变得软弱无力，牛粪屏住呼吸想保护蒲公英不被风带走，它再一次把自己变成了虚无。"蒲公英白色叶子间漏下的光点都带着绝世温柔。"牛粪这样想到时，开心地笑了笑。牛粪抬头的间隙，蒲公英跟着一阵风消散在空中。

牛粪最后一次见雍拉那天，她重新裹上了自己的旧头巾，眼睛还是有些浮肿。仿佛只要蒙上面孔，她的心就会暴露出来。牛粪终于羡慕起那些蜂拥走进火灶的同类，它们燃烧的一生。它把耳朵还给谷口，眼睛还给万物，空空的胸口还给逝去的日子。雍拉终于看到了酥软的牛粪。她用手轻轻拿起牛粪，把它放进了温热的火灶。牛粪终于获得了自己的翅膀，飘向天空，就跟蒲公英一样。

夕阳下，山脉和江河就像镀金的神像。一群野牦牛在草地上像闪电，像雷霆，向太阳落山的方向奔去。

何以清如许

李健

问渠那得清如许？
为有源头活水来。

——宋·朱熹《观书有感》

巨变

因为要拍摄一部纪录片，我前往青海三江源调研。这里是长江、黄河、澜沧江三大河流的发源地，素称“中华水塔”。坐在飞机上，思绪又飘回了2006年，那是我第一次踏上三江源，场面可以说触目惊心。

那时的三江源，草场大面积退化，变成“黑土滩”。地处黄河源区的青海省果洛藏族自治州达日县，“黑土滩”面积竟达1189万亩，占全部草场的53%；受分草到户、过度放牧等因素影响，“千湖之县”果洛藏族自治州玛多县境内，大量湖泊被黄沙吞噬，几近干涸。走遍三江源，野生动物难觅踪迹，“雪山之王”雪豹更是近乎消失。“水枯草衰，生态恶化，江源告急！”是当时有识之士最痛心的呐喊。

今天，那里的样貌怎样了？

到机场接我的小伙子叫桑杰。当桑杰驾驶着越野车行驶到三江源腹地的时候，眼前的景象如梦如幻。

车窗外，慵懒的旱獭一动不动，好似在沉思；藏野驴在路旁静静地吃草，一脸悠闲；成群的藏羚羊和野牦牛兴奋地跑来跑去……桑杰说：“如今在三江源，人们见到野生动物的概率几乎是100%。如果运气好，我们还会碰上雪豹。”

放眼望去，这里尽是绵延逶迤的冰川、白雪皑皑的雪山、神秘璀璨的湖泊、生机勃勃的草原、郁郁葱葱的森林、争奇斗艳的鲜花……车轮每到一处，都会有声声尖叫冲向云天。

桑杰告诉我，2021 年 10 月，三江源国家公园正式设立，它是中国面积最大的国家公园，总面积约 19.07 万平方千米。

这的确是一个令人振奋的消息。三江源，这片令我们深爱和自豪的土地，终于华丽转身，变成中国首个国家公园。它将在青藏高原上骄傲地昂首挺胸，当好美丽中国的形象大使。

今非昔比！叹为观止！毫无疑问，纪录片的画面将足够震撼！

▲ 可可西里地区的藏野驴

国策

第二天，我们驾车来到了果洛州玛多县，有“黄河源头姊妹湖”之称的扎陵湖和鄂陵湖就在这里。

35 岁的达旺穿着一件荧光背心，正在湖边捡拾垃圾。达旺就在扎陵湖畔长大，从出生开始，他的生活就没有离开过草原和牛羊。但 5 年前他却摇身一变，从一名放牧人变成一名“管护员”。

目前三江源国家公园内，共有 1.7 万名像他这样的生态管护员。他们定期开展生态巡护、监测记录野生动物、跋山涉水捡拾垃圾。对捕杀野生动物、破坏草原等事件，生态管护员将会在第一时间上报。

收入也不用担心，除了草原禁牧的国家补贴，他每月还能拿到 1800 元工资。“生活有了依靠，心里也就踏实多了。现在草原变好了，许多曾经消失的野生动物又回来了。”达旺说。现在的牧民生态保护意识都很强，他们会主动减少牲畜总量，封育草场，平衡生态。因为越来越多的人意识到，守住了绿水青山，就不愁没有金山银山。

今天的一切，达旺是称心的、满意的。但达旺也许不知道，这片古老的土地，从昔日衣衫褴褛到今天绝世芳华，背后是国家擘画的生态文明大计。当地陪同调研的一位环保工作者提到了几件事，我赶紧记下来：

2013 年 11 月，中共十八届三中全会提出“建立国家公园体制”的重点改革任务，我国生态文明建设开始了一场历史性变革；

2016 年 3 月，三江源成为党中央、国务院批复的我国第一个国家公园体制试点；

2017 年 8 月，我国第一部国家公园地方性法规——《三江源国家公园条例（试行）》开始施行，以制度利器为三江源国家公园建设保驾护航；

2019 年 8 月，首届国家公园论坛在西宁举办。

保护生物多样性，保护生态安全屏障，给子孙后代留下珍贵的自然资产，是新时代的必交答卷，更是长远大计。

说不尽的伟大变迁，说不尽的奋斗故事。我开始担心，如此丰富的内涵，如此宏大的体量，六集的纪录片如何承载这里的故事？

冲突

壮美的三江源地域辽阔，生物多种多样。一路行来，满满都是故事，满满都是感动。

两天后，我们又来到玉树藏族自治州治多县索加乡，这里位于长江源园区。村民次仁旦杰正在为不久前发生的一件事伤脑筋。

一天夜里，一只棕熊闯入次仁旦杰家，这个“熊孩子”不仅偷吃了半桶酥油，还横冲直撞拱坏了门窗和家具，使次仁旦杰损失了一万多元。

“已经不是第一次了，棕熊闯入家中的事不断发生。它们捕食家畜，毁坏器具，甚至致人伤亡。”据不完全统计，2018 年至 2020 年，棕熊、狼等野生动物进入城镇、寺院、学校等人口密集区，引发各类伤害事件 200 余起。在青海玉树州的治多、曲麻莱、杂多三县，人兽冲突的矛盾尤为突出。

次仁旦杰的故事让我有些怅然。物极则反，是自然界的不变法则。当野生动物濒临灭绝的时候，人类设法保护；当保护达到一定程度，动物扰人的新矛盾又不期而至。同居一方土，共享一片天，动物和人不可能绝对分开，要想两不相伤，还真不是一件容易事。

这个问题也正是纪录片必须关注和探讨的重点，我连忙拿起手机，联系中国科学院动物研究所的一位朋友，他是这方面的专家。

朋友给出的意见是，首先要合理控制野生动物的数量，对数量过多的一些物种可考虑组织捕猎；其次要限制大型野生动物接近人群和居民财产，可建立围墙、围栏，也可利用声音、灯光、烟火等方式对其加以驱赶；还有就是利用人工智能、物联网、大数据等技术，在野外安装红外相机，在村口安装智能监测预警设备，构建“天地空一体”的监测预警体系。

信息量很大，要做的功课很多。在未来的纪录片里，恐怕要用一集五十分钟的篇幅，细细梳理论证。

共处

长江源区—黄河源区—澜沧江源区，越野车里程表上的数字越来越大，脑子里、本子上记下的信息也越来越多。五天的调研已近尾声，车子继续行驶在茫茫高原上。突然，路边出现了奇特的一幕，我跟桑杰说：“停车，咱们过去看看。”

几名身穿制服的工作人员，正爬上高高的电缆塔架，一个一个安装人工鸟巢。他们是当地电网公司“生命鸟巢”项目的实施者，为首的是一位面皮黝黑的中年汉子，大家喊他“王哥”。

“这一回我们定制了 960 个鸟巢，准备将它们安装在玉树 5 个县的 10 千伏和 35 千伏的线路杆塔上，估计 8 月底能全部完工。”王哥一边清点鸟巢数量，一边为我们介绍情况。

在我的认知里，不破坏自然界的鸟巢，已算功莫大焉。大批量、高质量为鸟类建造巢穴，还是头回遇见。接下来听了王哥的一番话，更是胜读十年书。

高原地区既没有大树也没有悬崖，鸟类只能在铁塔和电线杆上筑巢。不过这很危险，刮风的时候容易引发线路跳闸，不仅会毁坏电网，也会伤害鸟类。传统的做法是设置障碍，不让鸟类前来筑巢。但鸟类又是生态链中的重要一环，过分驱赶并不可行。因此最合理的做法，是将传统的防鸟、赶鸟，变为引鸟、留鸟。

新思想产生新举措，当地电网部门启动了“生命鸟巢”项目。在玉树州一市五县范围内的铁塔和电线杆上，人们已安装“生命鸟巢”3230个，引鸟筑巢2000余窝。以前工人们只要管好电网就行，现在他们还要学习利用5G（第五代移动通信技术）、大数据等新技术监管鸟类。生态文明是新的时代课题，今后，如何与自然、与动物和谐共处，将是更多人要面对的问题。

“天地与我并生，而万物与我为一”，这是两千多年前庄子对人与自然的关系发出的叩问。熙熙万物、芸芸众生，共享一个地球。人与自然相处的最高境界，唯有和谐共生。道理不复杂，但事情如何做，道阻且长。好在这方面，三江源为我们提供了可参照的样板。

在返回住地的车里，又响起了桑杰纯朴的歌声。这次调研，收获了太多信息，也捕获了更多灵感，纪录片的主题和框架渐渐清晰起来。我大声对桑杰说：“桑杰，这几天辛苦了，晚上要好好敬你一杯。”

绚烂的生命之美

于欣悦

在海拔近五千米的青藏高原腹地，在山峦间广阔的宽谷、湖盆地区，一些以低矮、垫状形态出现的，以匍匐的姿势低调聚集着的，以最大的努力绽放芬芳的一丛丛花，它们的名字叫垫状点地梅、雪灵芝、钻叶风毛菊……

在高耸绵延的雪山下，在短暂的春夏之季，在一片流石滩中，在冰原带上，同样会惊现一朵朵绝美之花，它们的绽放足够惊艳天地，它们的名字叫绿绒蒿。

这里是三江源，在由雪山、冰川、河流、湖泊、湿地、草原构成的圣洁之地，在高寒缺氧的恶劣环境中，和各种美丽花朵同样绚烂的，还有一个特殊的群体，他们是高原流动的风景线，是大自然的使者——他们的名字叫“生态管护员”。

当我在众多的素材中见到“管护员”三个字，当我了解到他们平凡而伟大的工作，我突然悟到，我无法越过他们而将笔端直接伸向莽莽雪山，伸向涓涓源流。因为他们同那些美丽的花朵一样，是这高原壮美而灵动的核心风景。于是，我开始关注那些动人的故事，把一幕幕景象，定格在“诗的镜头”里。正巧，一队管护员向我走来，我端起“诗的相机”，对准了他们：

捡拾垃圾的管护员

沿途俯首拾文明，弧线一弯月半泓。
环保设为终点站，山擎哈达谢深情。

当管护员或是志愿者们躬身捡拾垃圾的一刹那，美丽的“弧线一弯”被我摄入诗的镜头里，成为世间绝美的风景。他们的身影在草原、湿地流动，他们与这片土地上的动物、植物不断同框，他们是这片土地上各种生灵的守护者。一俯一拾，是他们随时随地捡拾垃圾的常态动作，他们用行动保护着家园、保护着江源，为“一江清水向东流”不断地奉献着、坚守着。这是我用“诗的相机”拍下的第一个镜头。远处，山巅上的皑皑白雪，正是三江源献给管护员的哈达。

▲ 捡拾垃圾的管护员

守护三江源，就是守护生命之源，守护生态之根。管护员的脚步声回荡在群山之中，管护员的脚印镶嵌在冻土的肌肤之上，成为三江源的精神烙印。他们就像屹立在雪域之巅的索南达杰烈士纪念碑，已成为一座精神丰碑，成为三江源灵魂的灯塔。我以“诗的仰角”镜头，仰望着这座石碑，按下了“快门”：

题索南达杰烈士纪念碑

一座石碑耸作峰，英雄双目炬如虹。

盗贼胆敢来侵犯，草木雪山皆是兵。

纪念碑上的环保卫士，目光如炬，同巍巍昆仑山一起，坚定而又慈爱地注视着这片土地。为保护藏羚羊而牺牲的索南达杰烈士，骨灰撒在了可可西里太阳湖畔和昆仑山口，他时刻守着这里的一草一木、一山一川。索南达杰用自己的生命捍卫了江源的纯净，将自己的鲜血融入江源之中，让环保意识、环保精神源源不断地滋润着祖国的沃壤。

索南达杰的精神激励着他的儿子索南旦正，他正沿着父亲的足迹，为保护三江源、守护“中华水塔”不遗余力地奉献着。索南达杰的精神也激励着他生前的秘书扎西多杰。近 30 年来，扎西多杰追随烈士生前的脚步，坚持不懈地从事着环保工作。是的，索南达杰的精神激励着许许多多的人，他唤醒了大众的环保意识。索南达杰牺牲后，政府部门加大了环保宣传的力度。各大媒体走进三江源，许多环保组织参与到三江源的环保建设中来，北京野牦牛队、天津野牦牛队，还有一个个大学生环保团队也开始活跃在这片圣洁的土地上。全民的环保意识逐渐提高，全民的环保行动正在进行。更多的本地大学生求学后积极回归故里，投身到家乡的建设中。在一部纪录片中，我捕捉到一个生动的画面，“抓拍”进我的“诗镜”中：

▲ 黄河源园区湿地

题大学生求学归来草原搭建简易篮球架

我带春风去复还，双肩擎任梦斑斓。

牦牛鼠兔啦啦队，抱负一腔投入篮。

他们是三江源之子，求学归来，满载一身抱负，建设家乡，回馈家乡。他们希望用最美好的青春年华守护家乡，为了家乡这片土地能一辈辈传承下去，他们决定将环保进行到底。

这时，我的笔端才敢从守护者构成的美妙画面，延伸到高原植株，延伸到一朵朵精美绝伦的高原精灵身上。它们是那般娉婷婀娜、超尘脱俗，是那般轻盈妩媚、灵动飘逸。我以“诗的微距”镜头，定格了它们的仙姿：

赏高原绿绒蒿

彩衣绒袖笼烟织，耸立高原客不识。

唯叹蒿国美绝色，暖风争放第一枝。

三江源温暖的时光是那样短，绿绒蒿知道留给它的时间不是很多，于是百般红紫斗芳菲。它们随风起舞，仙袂飘飘，红颊含羞，朱唇轻启，馨香缭绕。有些绿绒蒿，一生只开一次花。即便如此，它们依旧争做报春的使者，努力生长，凌寒卓立。它们不会因为生命的昙花一现而萎靡不振，如索南达杰烈士一样，将有限的生命用最精彩的方式呈现出来。

三江源的自然景观是独特的，是原生态的，它是动植物的天然乐园。我以诗的镜头在三江源寻梦，在“世界第三级”，在“中华水塔”中感受绿色的梦。正如那夏日的草原，因为有了更多的生灵而变得生意盎然。我以“诗的广角”镜头，拍下了一幅三江源的夕照图：

题年保大滩草原之夏

黑色牦牛散若珠，花流草海暗香浮。
夕阳金泛江河水，吆喝一声归晚图。

这是一幅水草丰美、江天一色的景象，也是现在和未来一直都会有的景象，因为三江源地区得到了更好的保护，生态环境得到了更好的改善。我要说，谢谢你，三江源，是你源源不断的乳汁，滋润着中华民族；是你傲立的高度，让我充满了对大自然的敬畏；是你的沧桑过往，让人们意识到，生态共同体是人类命运共同体的重要一环。谢谢你，因为有了你，这个世界才变得绚烂多彩。

格萨尔广场上的阳光

东永学

这是高原的晚春，我第二次走进玉树结古镇，拜访这座英雄的高原小镇。行走在结古镇格萨尔广场上，阳光静静地照在广场上的英雄格萨尔王的雕像上，也照在广场上转经的和散步的人们的身上。

广场上多是本地人，老人们手摇着转经筒，更多的人捻动着手中的佛珠，沐浴在宁静中，让阳光也充满了一种柔和的慈悲。

我接受着阳光的洗礼，看着重建之后的吉祥小镇，想到了 4 月 14 日这一天，现在那场灾难已经过去十多年了。

十多年时光的沉淀，那份有关苦难和灾害的记忆，已经沉淀成了一种灾后重建的动力。如今的结古镇已经看不到多少灾难的印记了，展现在人们眼前的是重建之后的新气象、新面貌。

2010 年 4 月 14 日，一场牵动全国人民心绪的灾难骤然降临。那时候我不在现场，体会不到那场灾难的深重和惨绝，但我时时刻刻关注着有关玉树地震的所有新闻。单位组织捐款时我第一时间捐出自己力所能及的爱心，有报刊征集抗震诗文，我用心写出和玉树同胞同呼吸共命运的诗文，这些是当时的另一种形式的祈祷和援助。

说到祈祷，我想到了很多诗人、作家写给玉树的诗文，第一个想到的是彝族诗人吉狄马加先生的那首《嘉那嘛呢石上的星空》——

每一块石头都在沉落
仿佛置身于时间的海洋
它的回忆如同智者的归宿
始终在生与死的边缘上滑行
它的倾诉在坚硬的根部
像无色的花朵
……

这首诗使我震撼，从某种角度说，它打破了我对灾难诗的认识，救赎了在我手中即将死去的很多文字。

之后，我遇到了藏族女作家梅卓的《吉祥玉树》、尼玛江才的《风马界》，前者让我从民俗学、地理学等角度认识了玉树，后者让我从宗教信仰的角度认识和理解了这一方水土。作为青藏高原上的一个原住民——土族的一员，我也从更深更广处理解了自己的祖先们的信仰。

2014 年 8 月中旬，我有幸以一个民族文化工作者的身份到玉树参加“青海省民族语文翻译学术论坛”。那时，灾后的基本建设已经完成。当时我们去参观玉树市的一所民族中学，校园里已经焕然一新，院墙上师生们绘制的藏族民俗绘画栩栩如生，这一切都告诉我们玉树人民的新生活已经开始。

一天中午，我站在嘉那嘛呢石城下，有记载说嘛呢石堆长 283 米，宽 74 米，高 2.5 米，有 25 亿多块嘛呢石，是世界上最大的嘛呢石堆。受地震影响，嘉那嘛呢石城遭到了破坏。前几天和一个玉树的朋友聊天，他说嘛呢石城已经得到修复，而且比以前更壮观。

十多年过去，废墟之上新玉树完成了涅槃重生。玉树的生态保护、旅游、教育、医疗等各项事业都发生了翻天覆地的变化。

在西宁教学的文友唐永生曾送给我一本书《走过玉树》，这本书是他和另外两位作家的作品合集。他们 2014 年 9 月到玉树后，在这里支教一年。之后，他们把在玉树的所见所闻都记录了下来，写成了一本支教文集。它不是枯燥的公文式总结，而是一本有玉树山水之声的诗文集。这是心血之作，里面有支教生活的不适应和欣喜，也有和玉树文友们的诗文唱和，有对玉树山水人文的描写，还有玉树地震中教育战线上救死扶伤的动人故事。

李萍，青海省海东市的一位姑娘，80 后，她在玉树第三完全小学教学。地震时她被埋在了倒塌的房屋里，幸好两架高低床救了她的命。后来，她参加了抗震救灾，整个抗震救灾的所有过程她都经历了。她在回忆地震灾难时，表面的平静掩盖不住眼睛里的惊惶。

祁措毛喜、赫根根、徐海英、殷淑娟……《走过玉树》里写到了很多到玉树教学的姑娘，她们从西宁、互助各地出发，到玉树

的教育第一线奉献着自己的青春；她们都经历了那场灾难，她们的故事有血泪，有奋斗。灾难过去，她们走进课堂，将知识的火种、爱的萌芽植根于藏族儿童的心间，像天使一样默默地传播着春天的甘露。

站在格萨尔王的雕像下，我知道玉树人民的骨子里渗透着一种精神——格萨尔王式的英雄主义精神，它锲而不舍、不畏艰险。英雄史诗传播的雪域大地上一直流淌着这种精神。

如果灾难是一笔财富，我觉得这种财富越少越好。但我们躲不开经历了、体验了，我们就要使它成为挽救灾难的一种动力。

“地震带来的灾难，是玉树的伤痛，也是全国人民的伤痛。选择从废墟中启程，缘于这片土地上的人们内心深处坚定的信念和对美好生活的向往，

▲ 玉树市夜景

缘于我们背后所拥有的凝聚了无数爱心的精神力量。”《走过玉树》卷首语里这两句话概括了这本书的主题，也是对中国精神的一种总结。

说到玉树重建，要写的“大事件”和“小事情”，要列举的人物和他们的事迹太多太多，就像嘉那嘛呢石城的25亿多块嘛呢石，一篇短文是没法写出其中的万分之一的。让嘉那嘛呢石堆上的每一块嘛呢石祈祷，让玉树大地上每一颗感恩的心为众生祝福，这里我只能用一首小诗表达我的祈愿——

踏上这片雪域大地
禁不住三匍匐，而后
灵魂朝天，沐浴金色阳光
双手高举洁白的哈达
高举对这片土地永恒的祝福
……

冬日，在果洛甘德

王祥奎

漫长的冬日将时间拉长。在果洛藏族自治州甘德县这个地方，只有慢下来，你才能咀嚼到雪域高原上阳春和白雪的味道，才能读出隐匿在时间深处的秘密。一山一原、一村一寺、一河一滩、一沟一壑，都有它们自己的性格。在阳光下，甘德草原就像饱经沧桑的弓着腰、手摇转经筒的耄耋老人，又似乎是生气勃勃、活力四射的青年人。它与雪为伴，依雪而生，把一个又一个深重的过往藏在皑皑白雪中，把一个又一个美妙的祝愿写进茫茫白雪里，在扎西曲龙寺、龙恩寺等金碧辉煌的、传颂着雪域高原精神气儿的钟声里，向着那美好的未来且歌且行。

柯曲河两岸、山坡上、草场围栏里，雪迹斑斑。虽说已是暮春时节，但漫野依然白雪皑皑。一阵风吹过，似雾似纱般的雪屑被风吹得东散西落。车在县道上飞驰，峰回路转。一路上，除了明媚的阳光，最惹眼的，除了雪，还是雪。

就在这暮春时节，我前往果洛藏族自治州甘德县进行调研。下了飞机，我坐上县里派遣的越野车，在大武镇简单吃了早饭后，就在当地人员的陪同下，直奔甘德县。

一路上，越野车左转右拐，好在通往甘德县的是一条柏油公路，丝毫没有颠簸的感觉。车子绕过大武镇，沿着缓缓上升的草原盘旋而上。由于草原宽阔，虽说山峦起伏，但视野丝毫不受影响。天挂在头顶，蓝得晃眼；云镶在天上，白得夺目。举目四望，山峦远远近近、层层叠叠、起起伏伏，天空盘旋着几只苍鹰，天地显得愈发辽阔，动静相宜。

古老而年轻的甘德草原被现实的白雪抚慰着，历史与当下悄无声息地实现了一次又一次的亲密接触。

积雪与草原涂抹出的景色，给了我更多了解雪域高原与《格萨尔》史诗的时间——

美丽的姑娘在岭国
她往前一步能值百匹骏马
她后退一步价值百头肥羊
冬天她比太阳暖
夏天她比月亮凉
遍身芳香赛花朵
蜜蜂成群绕身旁
……

甘德，藏语意为“吉祥宁乐”，古时曾为羌戎故地，是《格萨尔》史诗“唱不完，写不完，说不完，画不完，塑不完”的地方。传说，雪山脚下的甘德县曾经是格萨尔王和他的三十员大将驰骋纵横的疆域，他们在此或许有过承诺，有过爱情，有过悲伤，但留给人间的，更多的是勇猛与坚强。

地处草原深处的德尔文村人对格萨尔的信仰由来已久，根深蒂固。有关

▲ 青海果洛藏族自治州甘德县龙恩寺星空

《格萨尔》史诗的说唱、文字、绘画，在简朴的村落备受尊崇。丰厚笃深的史诗文化、众多的《格萨尔》艺人，使《格萨尔》史诗与德尔文村人的生活融为一体，使《格萨尔》史诗文化的精髓得以长久地、永远富于活力地流淌在他们的骨血中，成为德尔文村人生命的一部分……

时间的尘埃遮掩了历史。草原、山峦、沟壑成为最真诚的诉说者。而暮春白雪，恰如最忠实的倾听者。在长达半年的时间里，白雪依偎着草原、山峦、沟壑，草原、山峦、沟壑也拥抱着白雪，一个不紧不慢地讲，一个安安静静地听，多么温馨的画面啊！

美丽孔雀翎毛丰
苍龙空中发吼声
茶酒享受正丰盛
杜鹃妙音叫声声
白盔铁甲披挂好
呜呜铜号声阵阵
……

是的，星月轮回，春秋更迭，经历过多少次风雨洗礼，又经历过多少次冰雪消融，山峦、巨石依然坚硬如斯。身在草原深处，我的身后是《格萨尔》史诗的鼓角齐鸣、鹏鸟振翅，而我的前方就是雪域高原的锦绣山河。

即使有一天
飞奔的野马变成枯木
洁白的羊群变成石头
雪山消失得无影无踪
大江大河不再流淌
天上的星星不再闪烁
灿烂的太阳失去光辉
雄狮大王格萨尔的故事
也会世代相传

那最有意蕴的阳春和白雪，是冬日的河湟谷地无法比拟的。掩映在群山里的一顶顶或白或黑的帐篷、一座座金碧辉煌的寺院，以及一条条弯弯曲曲的小路，与漫漫白雪、苍苍茫茫的草原融为一体。尽管少了河湟谷地村落里的袅袅炊烟，但这里素雅、明净，冰寒里也流淌着些许温暖。偶有苍鹰的鸣叫，或者牦牛的哞叫，或者有风吹过，雪花漫舞，安静的草原瞬时多了几分灵动和生机。

烟火人间，因雪而美。

在甘德，除了县城，只剩下所谓的“村”了。这些“村”，不像河湟谷地那些挨挨挤挤、热闹非凡的村子。这里的“村”，实在是称不上村子。在草原深处，零零星星地散落着几顶帐篷，这就是所谓的村落了。但村落的面积之大、文化之厚，令人神往。

就拿德尔文村来说，它是甘德人为之骄傲的村落。2006 年，德尔文村被中国社会科学院民族文学研究所命名为“格萨尔文化史诗村”。

德尔文村距黄河之源约 200 千米，这里海拔 4300 米左右，高寒缺氧。黄河上游重要的一条支流——柯曲河流经德尔文村的大片草地，滋养着这里的每一个生灵，也滋养着生生不息的格萨尔文化。

德尔文村有牧民近 300 户，人口约 1000 人。这里与格萨尔有关的风物和传说甚多，德尔文村的人坚信自己的祖先可以追溯到格萨尔时期，而且很多人宣称自己和岭国的某位人物有着特殊的渊源。

基于这样的渊源，这里几乎人人都会说唱《格萨尔》，就如陕西人吼秦腔、河南人唱豫剧一样。

在德尔文村，人们说唱的主要内容是歌颂格萨尔王在人间的英雄史，比如他赛马称王、南征北战、降妖除魔等，其南征北战、降妖除魔的故事是说唱的经典曲目，表现了格萨尔王善良、勇敢、正直的美好品质。同样的故事，不同的人说唱出来还会有不同的情节和细节，但格萨尔王的威武勇猛是大家要表达的共同主题。

德尔文村的男女老少对格萨尔充满敬畏，很多传承《格萨尔》史诗的艺人也都出生在德尔文村。比如“唱不完的《格萨尔》艺人”昂旺仁增多杰、“写不完的《格萨尔》艺人”格日尖参、“画不完的《格萨尔》艺人”阿吾嘎洛，还有著名的格萨尔掘藏艺人班玛桑吾以及《格萨尔》文化研究专家、学者、作家诺尔德先生……

在走访的日子里，所望皆是漫野的白雪。那雪白得刺眼，白得迷人。甘德这雪域深处的草原，仿佛依雪而生。“天岭卜筮”“英雄诞生”“赛马称王”“霍岭大战”这些故事回响耳畔。陡然间，我竟然对这雪域高原那铺天盖地的雪肃然起敬。

时隔半月，为调研生态畜牧业发展的情况，我再度走进甘德，走进雪域高原。高原依然那样雄浑，雪依然那样洁白。宽宽窄窄的白色如玉带般从山顶铺展下来。阳光明媚，白色涌动，山体泛光。

这是我第三次走进甘德。第一次是在八月，我在甘德深切感受了格萨尔文化。而这两次，恰是在暮春时节，我再度感受了甘德的迷人与丰厚。

在博大精深的《格萨尔》史诗里，我不由地想起诗仙李白“应是天仙狂醉，乱把白云揉碎”的诗句来。我的脑海深处浮现出一幅“雪花漫天，纷纷扬扬”的画面。

三进甘德草原，我在历史与现实中穿梭，在变与不变中品味，在冰与雪的世界里感怀——

在甘德这片洁白的草原上，

留下我深深浅浅的印痕……

第四辑

高原赋笔

江源颂辞

王文泸

极地多淖，百川滥觞之祖；雪岭泻玉，三江启源之地。峰雄峦伟，势吞八荒星辰；沼冽泽清，天成神州水塔。且也，滔滔者历久，韵壮华夏魂魄；涓涓者行远，绿润吴蜀膏沃。更喜羽族炫翎，蹄类竞骄，榛莽蓊郁，金石蕴秀，泱泱乎天籁自鸣之邦。

何期贪欲燎原，乃知净土难存。枪惊鸟梦，长空频啼铩羽之禽；血破羚国，雪野旋开猩红之花。蜂蹿蚁聚，淘尽千里白沙；绿消红殒，煞却昨日风景。十年一瞬，噍类半亡。后羿安在，旱魃逞狂。况乃子孙所仰，唯此造化所贻，伐本斫根，其祸不远。补牢未晚，诚宜早谋；家园初残，犹可再图。理性之光未泯，料应情暖草木；生命之源不竭，还望绿满天涯。

▲ 可可西里地区的藏原羚

三江源国家公园赋

孙五郎

上善之源，中华水塔。千古传奇，一园集纳。涵神韵于昆仑，赐生机于华夏。起细涓于雪域，三络分流；发活水于冰峰，九州溢沓。川留异兽之踪，湖映灵禽之雅。富藏一库，高寒生物之种源；幽隐三区，今古自然之密码。屏障国家生态安全，描皴西部人文图画。

若夫千峰玉魄，万载冰心。川行澄碧，原秀缤纷。布奢华于广域，彰冷艳于昆仑。琪草瑶花，演绎洪荒神话；飞禽走兽，彰宣秘境天伦。斯见古木琼柯，昂扬绿韵；时芳灵卉，赫焕形神。列杉松之郁郁，排桦柏之森森。阜莽原以芝草，镶峡谷以烟林。湖嵌泽皋，星布宝石之湛；茵铺草甸，花播幽隐之芬。兹则山莨菪漫舒紫蕊，绿绒蒿轻曳霞巾。格桑花高姿舞媚，雪灵芝低调修身。天择垫状，点地梅抱团攒聚；叶化钻形，风毛菊拥簇图存。且乃峰绽雪莲孤傲，原藏虫草奇珍。田涌青稞绿浪，野摇龙胆蓝唇。万类植株，纷炫高寒姿色；一方物候，自成别异种群。至若白唇鹿涧溪奔逸，野牦牛瀚漠竞雄。胡兀鹫云端翱翥，藏野驴戈壁驰腾。子夜山林，偶现火狐之影；晨昏崖壑，时留雪豹之踪。跃岩羊于峭壁，翔鹰隼于云空。鼠兔熊羚，高原栖

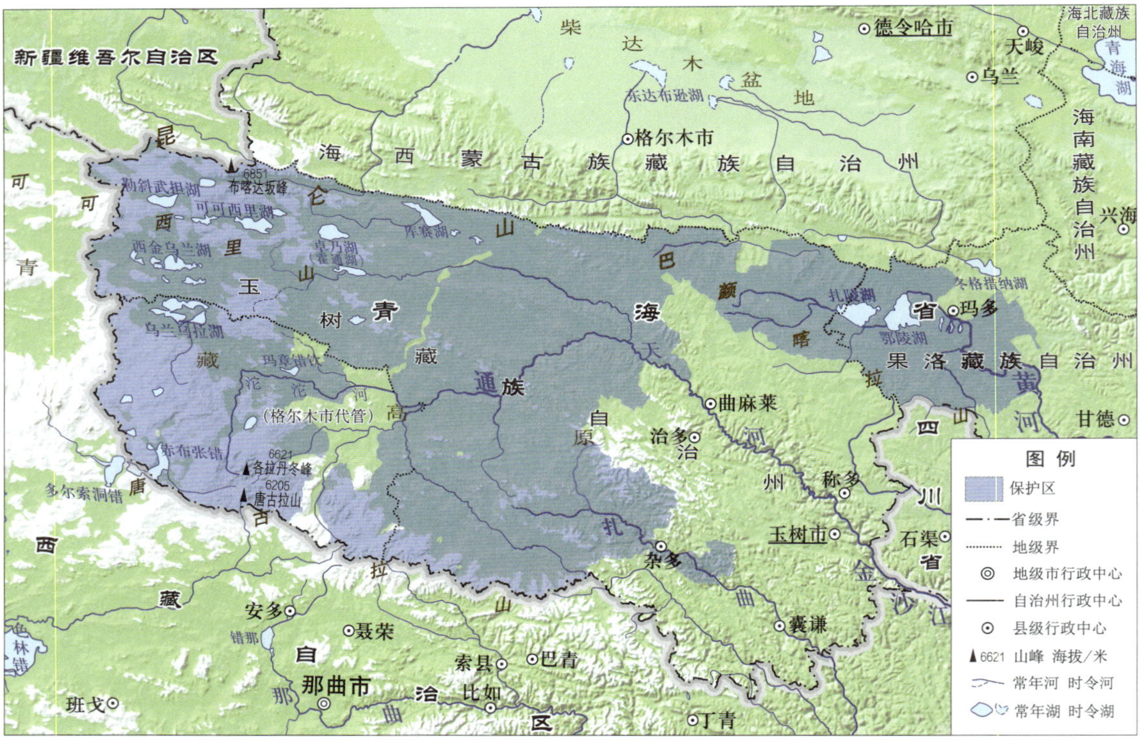

新疆维吾尔自治区
柴达木盆地
德令哈市
天峻
乌兰
海北藏族自治州
青海湖
东达布逊湖
格尔木市
海西蒙古族藏族自治州
海南藏族自治州
兴海
昆仑山
6851
布喀达坂峰
勒斜武担湖
可可西里湖
可可西里山
库赛湖
卓乃湖
西金乌兰湖
玉树
青海
巴颜喀拉山
冬格措纳湖
扎陵湖
鄂陵湖
玛多
乌兰乌拉湖
藏
玛章错钦
沱沱河
(格尔木市代管)
通天河
果洛藏族自治州
黄河
甘德
曲麻莱
自治州
治多
称多
四川省
多尔索洞错
6621
各拉丹冬峰
6205
唐古拉山
西藏自治区
扎曲
杂多
玉树市
石渠
金沙江
安多
聂荣
错那
囊谦
色林错
索县
巴青
那曲市
比如
班戈
丁青
图例
保护区
省级界
地级界
地级市行政中心
自治州行政中心
县级行政中心
6621 山峰 海拔/米
常年河 时令河
常年湖 时令湖

▲ 三江源国家公园地形图

扫码看立体地图

寄；雁鸥鹭鹳，湿地扎营。嗟夫，生物基因，赖高原而递化；遗传谱系，依殊境而衍生。

尔其民风厚朴，文化魁殊。溯吐蕃之文脉，成灵域之方俗。柏海岸汀，曾候大唐国婿；丝绸南路，时飘“青绣”黼黻[①]。绽酥油花之神彩，悬格萨尔之诗图。古刹钟声，漫和经幡之荡；称多岩画，勾描玄奥之符。对“花儿”于街市，悬唐卡于佛庐。跳锅庄以迎客，献哈达以祝福。驰“康巴”之赛马，舞祈愿之於菟。青稞酒酿成情意，嘛呢石神圣旅途。嗟夫，史脉祥辉，青藏高原之璧；人文璀璨，中华龙项之珠。

至若丁酉之春，试点肇启。开机制之先行，列国家之首例。定功能以四区[②]，集管理于一系。兹有江源规划，高调行颁；本底调查，及期成毕。白皮书应运出台，管理局挂牌成立。“国园”创千载之元，治水除九龙之弊。尔乃思卅载之奋功，念万人之劳绩。昆仑山口，留血色之英魂；索南达杰，铸英雄之大义。退牧还草，保护区全省筹谋；封山育林，监测站多级发力。巡山巡水，放下牧鞭；绘梦绘春，换成工笔。定减人减畜指标，施生态移民长计。于是水源涵养，递复功能；沙化遏岨，渐收裨益。规红线以警畏，保原真而护育。嗟夫，济人利物，行造化于苍生；滋古润今，启鸿猷于新纪。

高原作证，雪域留凭。铸琬碑而抱魄，怀梦想而进征。净土清源，宏勒三江气象；冰川活水，遐滋九域丹青。铆东方之地络，盘人类之天经。大道通衢，凭谋尤远、志尤诚、情尤烈；云程发轫，冀“天更蓝、山更绿、水更清”！

---

① 黼黻：泛指礼服上所绣的华美花纹。

② 四区：三江源在功能区划上，分为核心保育区、生态保育修复区、传统利用区、居住和游憩服务区四个类别。

长江源赋

张一南

湛湛长江，奄有其源。星尘无住，天地何言。日夕川阴，滩激水喧。西极东注，历陌经原。动以讼乾[①]，艰于触藩[②]。譬犹斯文，瞻顾弗谖[③]。

察其神脉，阴阳莫测。骈裔并驱，歧流交织。各低昂以争隳[④]，竞奔袭而来翼。既浩荡于太荒，复纵横于雪域。方出艮以熔金，忽遇雨而翻墨。千里以曲，百步而踣[⑤]。树短峡幽，嵓[⑥]高风刻。恒赴渊清，不避险仄。于野攸同，因缘相息。

视其扬波，群籁笙吁[⑦]。飒沓涤汔，温汾盘纡[⑧]。危碣柱立，倒澜人呼。远

---

① 讼乾：《周易》的卦象，指水流方向自西向东，与天体的东升西落相反。

② 触藩：《周易》的爻辞，羊用角顶篱笆，被篱笆卡住，形容进退两难。

③ 弗谖：牢记不忘。

④ 争隳：纵流、奔流。

⑤ 踣：江水激荡貌。

⑥ 嵓：高峻的山崖。

⑦ 群籁笙吁：笙和籁指古乐器，此借指江水奔流、涛声阵阵。

⑧ 飒沓涤汔，温汾盘纡：江水盘旋，迅疾貌。

▲ 楚玛尔河大桥与公路

涛逐日，斜汉转途。蕴泓量于涓埃[①]，回罡风于海隅。削玉岫以汩没，含金沙而征徂。沉寒色以为黛，怀异彩而疑珠。经千仞而不滞，历一瞬而万殊。随昼夜以注复，限南北而行孤。遗秋水之当有，浮驯鸥于永无。

有水曰宗，无名称圣。元气云收，天心湖映。灵氏何穷，神后有庆。冯夷稽拜，江妃罢咏。崖壁生寒，鱼龙受令。月火齐明，沨泙[②]俱劲。世纪降代，品物化形。上善无为，全生是听。红景酡颜，绿绒垂翎。鸦跖恣彩，狼毒作荧。花萼婉娩，茎叶伶俜。孟极[③]隐雾，羝羱[④]现灵。濡尾绥绥[⑤]，行健駉駉[⑥]。鱼乐在藻，鸟飞散萍。旷绝人境，各赴椿龄。天理攸存，地道聿宁。

① 涓埃：细流。
② 沨泙：泛指水声。
③ 孟极：雪豹。
④ 羝羱：西北的大型羊类。
⑤ 绥绥：狐狸行走的样子。
⑥ 駉駉：马肥壮貌。

得其所哉，斯土惟馨。

出谷披襟，逢岷把臂。胡越[①]同机，肝胆一气。居其安而有群，适彼会而无类。固先天以不违，既同道而匪异。惟下济以上同，敬承命而行地。朝扶桑以慕恩，和泋潫[②]而思义。固无住以常有，恒忘我而为意。虽大盈以若冲，虽无绝而如寄。其在经以曰德，其在占而称利。涵澮伫[③]之余清，荷亨衢之永事。无辞让以无沴碍[④]，无沴碍以无不至。

长云暗雪，短日明霜。与时漠漠，唯水汤汤。以行万古，以观四荒。以布德泽，以贻福祥。坎壈洊如，其道益光[⑤]。湍代幽并之马[⑥]，波通吴楚之航。连浮云之澒洞[⑦]，生烟水之苍茫。润苌楚[⑧]于浅隰[⑨]，葩琼蕊于高岗。焕初发之菡萏，斑长生之篔筜[⑩]。侵椒丘之空翠，成兰泽之多香。随行吟以不朽，横瞻眺以弗忘。

大江未央，迅如飞翰。棹影惊湍，榜歌高岸。

① 胡越：即胡与越，比喻相隔遥远。
② 泋潫：河流蜿蜒貌。
③ 澮伫：水流动貌。
④ 无沴碍：水流无阻。
⑤ 坎壈洊如，其道益光：指水流虽然迂回且阻，但其前途依然光明。
⑥ 湍代幽并之马：湍，指水流跌宕；幽并，幽州和并州合称，指中国北方；此句意为跌宕奔涌的水流，可以运载货物，代替北方的马。
⑦ 澒洞：弥漫、混沌貌。
⑧ 苌楚：阳桃。
⑨ 浅隰：低湿的地方。
⑩ 篔筜：水边之竹。

▲ 长江三峡风光

五湖衣冠，三川楼观。礼乐烟绵，诗书星灿。历百劫以复兴，经千年而无断。英哲济济，弦诵漫漫。各念深恩，每怀欢宴。不舍昼夜，秉烛达旦。不负河山，勒功方半。相期百年，与子同看。

人世日度，江水日新。表灵虽绚，必蕴其真。淳风不匮，至德有邻。谨呈一祝，以飨万神。

黄河源赋

钟秀华

黄河源起，青海春融。赞中华之水塔，出西部之雪峰。文明缵承，开千秋之信史；溪流汇聚，化万里之真龙。稽其湖泊密布，湿地葱茏。遗传物种其久，繁衍品类其丰。唐古拉山，留冰川之原貌；可可西里，焕生态之韶容。惟夫新兴事业，妩媚情衷。国家公园之美，自然保护之功。唐僧之晒经台，悠矣邈矣；汉家之丝绸路，显哉崇哉。而后百川灌澍，一路朝东。经行孤烟大漠，萦绕秦楼汉宫。涧壑当前，咆哮龙门绝壁；山河表里，相随雁阵长风也。

固知辐射强，污染少。大温差，长日照。青藏高原，山地古貌。享嘉声于瀛寰，尊仙境于佛道。冷热交替，乃育藏羚牦牛；干湿分明，乃产冬虫夏草。是有草甸叶柔，灌丛花好。油麦吊云杉之珍存，红花绿绒蒿为瑰宝。飞矫健之黑鹤，踱娴雅之岩羊；翔勇猛之金雕，奔机灵之雪豹。观夫多曲潺潺，热曲淼淼。卡日曲之清源，星宿海之湖沼。约古宗列曲，生盆地之葳蕤；巴颜喀拉山，迷云峰之缥缈。既而树丰碑，擎大纛[1]。雄伟之房山丘里，镌壮志而煌煌；挺拔于通天河滨，铭箴言而杲杲哉。

是以独特魅力，优势旅游。果洛州而厚爱，玛多县而眷酬。格萨尔王，仰英雄之懿范；文成公主，瞻贤后之芳流。于乎长廊祈梦，广场凝眸。扬经幡而猎猎，转经筒而悠悠。赛马风情，欢淳俗之浩衍；藏族歌舞，颂德政之鸿庥[2]。方验天池湛湛，玉树幽幽。鄂陵湖而牵念，星星海而追求。阿尼玛卿，敬雪山之神圣；冬给措纳，喜渊泊之婉柔。将知人间净土，天上蓬丘。扎陵湖之纯洁瑶界，花石峡之洵美壑沟。如醉如痴，对仙班之期待；美轮美奂，耽佳景而淹留。

是则万里奔流，九州仰慕。古文化之高功，母亲河之盛誉。青海碧涧，潺湲溪水而和融；黄土高原，浑浊泥沙而挟取。岂徒醴泉霈濡，瑶池逢遇。穿积石之山阙，泄壶口之瀑布。冲积乃成沃壤，后稷畲耕；溯洄乃现灵鲲，庄周漫语。故得异草琼葩，奇珍玉树。寻沙棠之圣山，探陆吾之仙府。穆王与会，昆仑九霄之宫；屈原神游，圜丘八极之柱。借如轩辕下都，王母瑶圃。守建木于十巫，辖司天之九部。共工触怒，毁不周兮绝地维；女娲补天，平洪水兮息暴雨。赤心砥砺何谁，青史昭铭几许？

至如孕育文明，培敦华夏。宏图既赠轩辕，懋业乃生旃厦。甘流润物，滋荣大地之繁华；雪浪淘沙，汇聚中原之尔雅。由是金河玉关，清宵白夜。岸阔而棹飞，波渺而帆挂。起于白云之际，壮哉蛟龙；奔于壑谷之间，雄兮骏马。至其平川浩瀚，一脉相承；曲水蜿蜒，百城悬跨。汇沁河与洮汾，兼渭水与浐灞。兰舟系于玉岸，天堑横陈；铁索凌于寒江，鸿桥飞架。乃叹琼楼古道，往事如烟；仙岳霞关，江山如画也。

尔其壶口悬川，惊天动地；禹门夹壁，气盖山河。卷洪澜之滂沛，引尧

① 纛：古时军队或仪仗队的大旗。
② 鸿庥：指鸿荫。

舜之嗟哦。谪降深渊，兴叱咤之风云；劲穿峻岭，扬汹涌之湍波。至其长渠凿室，大禹伏魔。名楼得观其震撼，秀谷乃托其巍峨。薄雾腾以驰空，飞翻珠雨；洪涛卷而拍岸，响遏云歌。若夫腊月冰封，霜凌玉练；雪滔顿失，亮塞铮磨。盈盈幽都之素女，亭亭蟾殿之姮娥。乃惊于涧壑千里，澄如凝脂；叹乎江天一色，洁若银梭焉。

溯其高山雪暗，玉液淙潨[①]；深谷林幽，甘霖泽霈。雎鸠乐于晨洲，麋鹿欢于晚翠。汇潺湲之湖泊，旷古潋滟[②]；成磅礴之洪流，经年积累。刷枯原万壑而生，离植被千庄以毁。乃有河伯绘图，禹王治水。于是开华山，筑坝垒。成功业于会稽，尊夏帝之大位。过家门而不入，世之楷模；铸宝鼎而长兴，国之旌旆。聚重渊以济旱时，宽涧道而消雨季。遂使河清海晏，社稷繁昌；智盛文兴，沈博绝丽焉。

况夫棹歌剑倚，旅程帆张。会知音而梦蝶，传塞曲而绕梁。杜甫临渊，驻念万民之粟；谪仙进酒，襟怀四海之疆。尔乃涯畔踏歌，何人折柳；滩头放醉，几度别觞？当知少为异客，不辨何似他乡。昌龄乃问江津，三嗟其远；禹锡则思河汉，一若其长。观夫摧决昆仑，雷霆澎湃；凌威泰岳，激浪铿锵。倒泻银河于海，掀天浊浪于江。之涣屹于楼中，岂不九霄之客；王维使于塞上，莫非大漠之光？是则黄河奇景，天下文章矣。

至若银汉霜明，昆仑霞曙。仙人占斗之时，高祖誓功之处。携老弱以困守，刘邦名于荥阳；挟天子以尊王，曹操功于官渡。乃知功垂张骞，名成汉武。太白叹天上而来，史迁记河西之旅。挥师牧野，殷商望而披靡；伏甲崤山，秦晋仇而陌路。且夫李广巡疆，卫青伐鼓。骠骁乃击王庭，班昭乃荡胡虏。涉险则擒魏将，韩信无双；濒河以阻金兵，岳飞何惧？昆阳续汉，刘秀智所为君；巨鹿降章，项羽威而立楚。乃有皇朝兴替，几代沧桑；历史绵

① 淙潨：水流相激声。

② 潋滟：水流动貌。

▲ 黄河壶口瀑布

延，英雄无数也。

既而九曲奔流，金龙入海；千源合汇，玉凤来仪。智若明溪，尊贤仁于李耳；货如流水，效商德于范蠡。至其气冲志定，守节不回。规策精准而谐适，经纶奋起而直追。飞船绕于苍穹，雄添国势；军机翔于航母，大振兵威。于是一身是胆，四海扬眉。乃应黄河之瑞，而祯盛世之辉。国生隆栋之才，民族兴旺；士有安邦之策，经济腾飞。嗟乎！初心且念，使命所归。秉两山之高论，扬九夏之春晖。大河之源，衍文明而永祼；中国之梦，奔理想而有为哉。

可可西里赋

韩邦亭

红颜少女，青色山梁。风开七政，源启三江。原是自然之赐，乃融天地之光。千寻之壮阔无言，冰封乎神秘；万里之清幽不尽，水润乎苍凉。其地称最后传奇，仅存净土。川融画意以杳茫，云入诗怀而吞吐。地自无瑕，物多哺乳。山高兮无尽，是纯真之遗产而扬鹰；地广兮无垠，如野性之青年以缚虎。

试看昆仑腹地，宁静玉珠。川形兮塑骨，辫状兮润肤。俯察则莹莹宝石，遥望则淡淡平湖。可谓高原呵护，牧草不孤。粉面回眸以柔彩，上苍效祉于平芜。奇迹方开，堪飨远征之生命；明珠跌落，可摇律动之身躯。

其美也，蒿已添绒，梅能点地。冰川耸千仞之高，水柏明万年之意。自是蹄类天堂，灵禽嬉戏。金雕追击以雄，黑鹤盘旋以智。卑微何损？藏羚之轨迹在谦。豪壮何奇？牦牛之足音在义。野驴怀好客之心，棕熊无独行之泪。此皆其中之主宰也。

论及地球巅顶，生物天堂。云撩山色，雪映水乡。然而亦见冷和狂野，不独诗与远方。自有丹心，能保基因之库；几时黑手，频传罪恶之枪。穿化

▲ 可可西里地区的藏羚羊

境弗谖警示，入禁区岂仅荒凉？所慰者塔涵玉液，碑耸杰桑。或对画而长吟，把清奇渲染；或临屏而礼赞，将神秘收藏。

目睹精灵，本鳞爪悠闲之地；风靡银幕，叹血腥未尽之时。栖息有道，穿越何为？当绝贪婪之本性，可鉴自然之天机。诚宜诈不欺愚，居则各安其所；强不执弱，出则各得其宜。难乎守朴，乐乎申遗。残夷者自损，敬畏者无私。纯美长留，休去扰其清梦；原真不改，自当唱以宏词！

澜沧江源赋

田世杰

高原圣水，国际名川。东南亚长河之最，唐古拉云岭之潺。纵经三省，中华涌澜沧江之浪；南跨六国，境外称湄公河之湍。享东方多瑙河之美誉，谱生命大动脉之华篇。穿越南而注南海，汇文化而呈多元。

若夫五千里奔腾，纵出上界；亿万年泱漭，始自溪涓。溯文化源头之本，尊扎西乞瓦之泉。寻地理源头踪迹，定扎曲吉富之山。河网纵横，源头水泊散落；险滩杂错，上游沟谷交环。裸岩冰川，奇峰千耸。高寒草甸，景象万端。叠峰壁崖，沿途深涧绝壑；昂赛峡谷，漫山赤壁砂岩。白垩纪丹霞之貌，大草原染翠其间。尔其玉树杂多，设核心保育之苑；退化草地，增休养生息之园。罕见自然生态，珍稀物种摇篮。旱獭呆萌憨健，岩羊走壁飞峦。白唇鹿逍遥安逸，白马鸡自在悠闲。雪豹夜行，威震大猫之谷；仙鹤鸣唱，舞动湿地之滩。雪域藏羚腾跃，天空猎隼盘旋。鱼种奇珍，畅游自在；生灵独特，活力高原。然则春时碧野，万蕊争芳；夏日漫坡，繁花绚烂。绝美绿绒蒿，遗世独立；忧郁蓝莲花，凌寒娇艳。山莨菪紫钟悬垂，雪灵芝锦簇似霰。冬虫夏草丰饶，垂枝云杉堪见。高寒生物之天堂，濒危物种之圣殿。

然则江源毓德，润泽中外疆土；历史久远，涵育中华文明。世之屋脊，古之羌戎。农耕游牧交汇，特色传统兼容。民族杂居，宗教多样；民风质朴，民俗厚浓。曾为唐蕃古道之驿，更作丝绸南路之程。藏汉友好见证，技艺传播相通。文化别具一格，审美独特；风情自成一体，悠久繁荣。或长袖长裙，衍藏装之传统；或西装革履，彰时代之风情。锅庄舞边舞边歌，展非遗之魅力；岩石画古拙古朴，留先民之印踪。山神祭续延敬畏，赛马会技艺传承。格萨尔精神传唱，西王母神话流行。酥油茶奶香缭绕，牦牛肉营养丰盈。藏药树单独体系，藏毯织民族之风。

尔乃天地万物，同生共存。循物我交融之道，筑生态安全之门。设国家公园，行科学保护之重；推原创改革，立调节系统之文。整合兼体制并举，

▲ 雪豹

修复与执法同遵。政府主导，社会参与；制度发力，科技创新。破九龙治水之缠障，秉永续发展之方针。构人类命运共体之理念，持人与自然和谐之初心。于是增设人员，网格管护；体验接待，助力脱贫。消除全域垃圾，禁塑减废；夯实工作基础，职能划分。颂生态报国故事，增宣传力度；解人兽冲突矛盾，设保险基金。善政迎惠风而旺，江源沐澍雨而馨。谋新时代之擘画，鉴三江源之长春。

嗟夫，水利万物而不索，江泽八荒而无垠。生命源头，纯以为魄；中华水塔，净以铸魂。万水朝宗，聚自然之气象；群山仰止，收物种之奇珍。护高寒资源之宝库，扬生态文化之精神。干部情倾胜境，党员竭虑丹忱。树丰碑于青史，织锦绣于乾坤。抱爱心以励勉，捐使命而追寻。